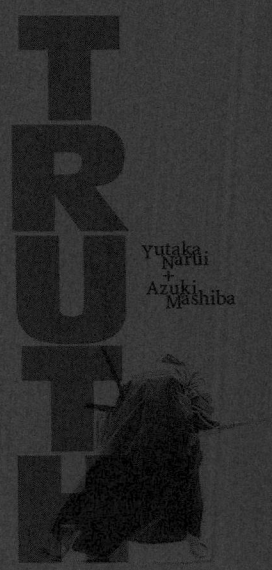

TRUTH

Yutaka Narui + Azuki Mashiba

成井豊＋真柴あずき

論創社

TRUTH

写真撮影
伊東和則
加藤昌史
ブックデザイン
ヒネのデザイン事務所＋森成燕三

目次

TRUTH

トゥルース

登場人物

弦次郎（上田藩士）
鏡吾（上田藩士）
英之助（上田藩士）
隼助（上田藩士）
三郎太（上田藩士）
虎太郎（上田藩士）
山岡（上田藩江戸藩邸留守居役）
月真和尚（海音寺住職）
初音（三郎太の姉）
ふじ（虎太郎の妻）
美緒（帆平の妹）
帆平（池波道場師範・初音の従兄）

※この作品は、山本周五郎作『失蝶記』（新潮文庫『日日平安』所収）を参考にしています。

1

慶応四年二月二十日夜。江戸赤坂、池波道場の一室。

野村弦次郎が手紙を書いている。と、後ろを振り向く。誰もいない。再び、手紙を書き始める。後ろに、柴田英之助がやってくる

弦次郎　（振り向かずに）美緒さんですね？
英之助　（弦次郎を見ている）
弦次郎　声が聞こえなくても、わかりますよ。耳が駄目になってから、気配にだけは敏感になりました。人の体というのは、どこかが馬鹿になると、別の所が聡くなる。案外、うまくできているものですね。
英之助　……。
弦次郎　心配しないで、先に休んでください。私も、切りのいい所まで書き上げたら、休みますから。
英之助　……。
弦次郎　聞いてるんですか、美緒さん？（と振り向いて）……英之助！
英之助　（背を向けて、歩き出す）

弦次郎　英之助！　英之助！

英之助が去る。弦次郎が手紙の続きを書き始める。

池波道場の廊下。

池波美緒・長谷川鏡吾・五味隼助・吉川虎太郎がやってくる。美緒は手燭を持っている。

美緒　ここでお待ちください。今、兄を呼んできます。

鏡吾　その前に、あなたに聞きたいことがある。こちらに、弦次郎は来てませんか？

美緒　弦次郎様が？　いいえ。

鏡吾　本当ですか？

美緒　本当です。私の言うことが信じられないなら、兄に確かめればいいじゃないですか。

隼助　いや、その必要はありません。やっぱり、私の思った通りだ。（鏡吾に）弦次郎さんはもう江戸を出たんですよ。

鏡吾　俺はそうは思わない。あの傷で、遠くへ行けるはずはないんだ。

隼助　しかし、美緒さんはここにはいないって言ってるじゃないですか。

そこへ、池波帆平がやってくる。

帆平　大きな声を出すな。近所迷惑だろう。

虎太郎　すみません。こんな夜中に、大勢で押しかけてきて。
鏡吾　（帆平に）今まで起きていらっしゃったんですか？
帆平　部屋で本を読んでいた。勝さんから借りた、異国の本だ。（と美緒の手から手燭を取って）
鏡吾　そんなことより、俺に何か用か。
帆平　我々は弦次郎を探しています。もしこちらに来ているなら、即刻引き渡していただきたい。
美緒　引き渡せとはどういうことだ。弦次郎の奴、何か不始末でもやらかしたのか？
鏡吾　（頭を下げて、奥へ歩き出す）
美緒　美緒さん、どちらへ。
隼助　明日も早いので、先に休ませていただこうかと。
美緒　どうぞどうぞ。お騒がせして、すみませんでした。
鏡吾　いいえ。（と奥へ歩き出す）
帆平　ちょっと待ってください。（と美緒の腕をつかむ）
　　　おい、鏡吾。（と鏡吾の手を払って）おまえらが用があるのは、俺じゃないのか？（美緒に）いいから、もう寝ろ。
美緒　はい。

美緒が去る。鏡吾が後を追おうとするが、帆平が立ち塞がる。

帆平　おまえら、さっきから様子がおかしいぞ。一体何があったんだ。

鏡吾　詳しく説明している暇はありません。弦次郎がいるかいないか、それだけお答えください。

帆平　いない。これでいいか？

隼助　ええ、もう十分です。鏡吾さん、他を当たりましょう。

鏡吾　（帆平に）念のために、奥を調べさせてもらえますか。

隼助　いい加減にしてください。美緒さんどころか、先生まで疑う気ですか？

鏡吾　そうじゃない。二人に気づかれないように、忍び込んだって可能性もあるだろう。（帆平に）失礼します。（と奥へ歩き出す）

帆平　（鏡吾の肩をつかんで）調べたければ、調べるがいい。が、その前に訳を聞かせてもらおう。なぜ弦次郎を探すのか。

虎太郎　後で必ずお話しします。今は一刻を争うんです。

帆平　弦次郎を見つけたら、どうする。まさか、斬るつもりじゃないだろうな？

虎太郎　それは……。

鏡吾　（帆平に）それは奴の出方次第です。手向かいするようなら、その時は。

帆平　なぜだ。弦次郎はおまえらの無二の親友じゃなかったのか。

鏡吾　昨日までは。今日、その絆は断たれました。

鏡吾が走り去る。続いて、虎太郎・隼助・帆平が走り去る。
池波道場の一室。
弦次郎が手紙を書いている。そこへ、美緒が走ってくる。

美緒　弦次郎様！　逃げてください！（と弦次郎の腕をつかむ）
弦次郎　どうしたんです、美緒さん。
美緒　鏡吾様たちが来ました。早く逃げてください。
弦次郎　逃げて、と言ったんですね？　わかりました。

弦次郎が手紙を懐に入れて、立ち上がる。美緒が弦次郎の手を引き、庭へ出る。そこへ、池波三郎太がやってくる。

三郎太　やっぱり、ここに隠れていたんですね。しかし、もう逃げられませんよ。（と刀を抜く）
弦次郎　待て、三郎太。
三郎太　あなたは私たちをずっと騙してきた。たとえ他の人が許しても、私は許さない。

三郎太が刀を構える。そこへ、池波初音がやってくる。

初音　待ちなさい、三郎太。
三郎太　姉上は下がっていてください。
初音　いいえ、下がりません。私は弦次郎さんと話がしたい。なぜ英之助さんを斬ったのか、その訳を聞きたいんです。

三郎太　無駄ですよ。また嘘を並べるに決まってます。
弦次郎　三郎太、おまえが怒るのもよくわかる。俺だって、自分で自分が許せない。しかし、俺が英之助を斬ったのは――
三郎太　芝居はもうたくさんだ。さあ、刀を抜いてください。（と刀を構える）
弦次郎　やめてくれ。おまえと斬り合いはしたくない。
三郎太　黙れ！

三郎太が弦次郎に斬りかかる。弦次郎がかわし、刀を抜く。そこへ、鏡吾・隼助・虎太郎が走ってくる。

鏡吾　弦次郎、探したぞ。

鏡吾・虎太郎が刀を抜く。隼助は迷っている。そこへ、帆平が飛び出す。

帆平　四人がかりで、なぶり殺しか。俺は、こんな卑怯な剣を教えた覚えはないぞ。
鏡吾　先生、ご遠慮願います。これは我々、上田藩士の問題です。
帆平　それなら、弦次郎を藩邸へ連れていけ。正当な裁きを受けさせろ。
鏡吾　言いませんでしたか？　我々は留守居役の山岡様のお指図で動いています。弦次郎を一刻も早く探し出せ、手向かいするようなら斬れと。
弦次郎　鏡吾、何を言っている。

虎太郎　弦次郎さん、今ならまだ間に合います。刀を捨ててください。
弦次郎　刀を捨てろと言ったのか？　しかし、今、捨てたら、俺は——
鏡吾　無駄だ、虎太郎。こいつは聞く耳を持たない。
弦次郎　みんな、聞いてくれ。確かに、俺は英之助を斬った。しかし、あの時は——
三郎太　弁解はやめろ！　あなたの嘘はもう聞き飽きた。
鏡吾　弦次郎、覚悟を決めろ。
弦次郎　頼む。俺の話を——
虎太郎　その前に、刀を捨ててください。どうしても捨てないというのなら、斬るしかない。
鏡吾　隼助、何をしている。おまえも刀を抜け。
隼助　(刀を抜く)
弦次郎　隼助、おまえもか。どうしても駄目なのか。

鏡吾が弦次郎に斬りかかる。弦次郎がかわす。三郎太が弦次郎に斬りかかる。弦次郎がかわす。虎太郎が弦次郎に斬りかかる。帆平が虎太郎の腕をつかみ、刀を奪う。

帆平　どうしてもやりたければ、よそでやれ。俺は同士討ちなど見たくない。
鏡吾　先程も言ったはずです。こいつは同志でも何でもない。

鏡吾が弦次郎に斬りかかる。弦次郎がかわす。帆平が鏡吾の腕をつかむ。

帆平　（弦次郎に）早く行け。
美緒　（弦次郎の腕をつかんで）行きましょう、弦次郎様。（と走り出す）
初音　弦次郎さん。
弦次郎　（立ち止まって）御免。

弦次郎・美緒が走り去る。三郎太が後を追うが、帆平が立ち塞がる。三郎太が帆平に斬りかかる。帆平がかわす。と、鏡吾が帆平の背中に刀を突きつける。帆平が振り返り、鏡吾に刀を向ける。

鏡吾　（三郎太に）行くぞ。

鏡吾・三郎太が走り去る。虎太郎が帆平に歩み寄る。帆平が虎太郎に刀を差し出す。虎太郎が刀を受け取り、礼をして、走り去る。

帆平　初音、おまえも弦次郎を斬りに来たのか。
初音　わかりません。わからないから、来たのです。

初音・帆平が去る。隼助がその場にへたり込む。やがて、手紙が落ちていることに気づく。拾い上げて、読み始める。

隼助

「池波初音様。私は今、あなたの従兄である、池波帆平先生の道場にいます。奥の部屋をお借りして、この手紙を書いています。先生には何も話してません。うかつに話したら、ご迷惑がかかるかもしれないから。あなたのためを思うなら、この手紙も書かない方がいい。が、あなたにだけはどうしても知ってもらいたい。なぜこんなことになってしまったのか。その本当の理由を。すべては、私が江戸に帰ってきた日から始まっていた。あの日から今日までの出来事を、できるだけ詳しく書いていきます。もちろん、真実だけを。その前に、どうか信じていただきたい。私にとって、柴田英之助はかけがえのない友でした。自分の命に替えても、失いたくない存在でした。それなのに、私は彼を斬りました。私がこの手で、英之助を殺したのです」

隼助が去る。

2

慶応四年一月十六日朝。江戸本所、上田藩上屋敷の執務室。
弦次郎がやってくる。座る。反対側から、山岡忠兵衛がやってくる。

山岡 待たせたな、弦次郎。

弦次郎 私の方こそ、朝早くから、申し訳ありません。野村弦次郎、ただ今戻りました。（と頭を下げる）

山岡 （座って）おぬしの顔を見るのは久しぶりだな。二度目の長州征伐で、大坂へ行ったのが、確か……。

弦次郎 一昨年の一月。ちょうど二年前です。

山岡 どうだ、二年ぶりの江戸は。長屋の皆には会ったのか。

弦次郎 まずは山岡様にご挨拶を、と思いまして。

山岡 相変わらず、律儀な男だな。わしなら、一風呂浴びてからにするところだ。それで、都の戦はどんな様子だった。

弦次郎 一月二日に大坂城を出発した幕府の軍は、伏見で新選組等と合流しました。その数はおよ

山岡　そ二万三千。一方、都を守る薩摩・長州の連合軍はおよそ六千。数だけ見れば、どちらに利があったかは明白です。
弦次郎　しかし、結果は逆だった。
山岡　両軍が衝突したのは、明くる三日。その日のうちは、まだ幕軍の方が優勢でした。が、四日に入って、形勢が逆転します。幕軍が頼りにしていた淀藩が寝返ったのです。
弦次郎　何と。淀藩の藩主殿は幕府の老中だぞ。その淀藩が寝返ったのか？
山岡　薩長軍が最新式の鉄砲で待ち構えているのに対し、幕軍はただ突撃を繰り返すだけ。これではいくら兵があっても足りません。しかも、薩長軍は帝から賜った錦の御旗を掲げました。堂々と、官軍の名乗りを上げたのです。
弦次郎　錦の御旗に恐れをなして、淀藩も態度を変えたというわけか。
山岡　さらに六日には、津藩までが寝返りました。幕軍は一気に総崩れとなり、大坂まで退却したのです。
弦次郎　なるほど。慶喜公が逃げてこられたのも、頷ける話だな。
山岡　慶喜公はいつ江戸に？
弦次郎　一月十一日、今から五日前だ。江戸城では、すぐに兵を集めて上洛するか、このまま賊軍を迎え撃つかで、議論が白熱している。
山岡　お言葉ですが、賊軍は今や幕府の側です。今、幕府に味方すれば、我が上田藩も賊軍になるのです。
弦次郎　しかし、我が藩は関ヶ原以来の譜代藩。幕府を見捨てるわけにはいかぬ。

弦次郎　しかし、津藩も淀藩も同じ譜代ではありませんか。我が藩も今すぐ帝に恭順するべきです。恭順しなければ、幕府とともに滅ぼされてしまいます。

山岡　そう急くな。わしはこれから、他藩の留守居役におぬしの報告を伝えてくる。我が藩の態度を決めるのは、他藩の出方を見てからでも遅くはない。

弦次郎　しかし、山岡様——

山岡　急がば回れ、だ。たとえ官軍と名乗ろうとも、所詮は薩長の寄せ集め。天下がこれからどう動くかは、まだわからぬ。

弦次郎　しかし——

山岡　とにかく、よく働いてくれた。ここまで戦の詳細をつかんでいる留守居役は、おそらくわしだけだろう。礼を言うぞ、弦次郎。

弦次郎　恐れ入ります。

山岡　早速、出かける支度をしよう。おぬしはゆっくり休め。

弦次郎　ありがとうございます。

山岡が去る。反対側へ、弦次郎が去る。
上田藩上屋敷の長屋、虎太郎の部屋。
ふじがやってくる。大声で泣き出す。後を追って、虎太郎・鏡吾・三郎太・隼助がやってくる。

虎太郎　ふじ、機嫌を直してくれ。

ふじ　もう知りません。私、実家へ帰らせていただきます。
鏡吾　まあまあ、ふじさん。虎太郎だって悪気があったわけじゃないんですから。
ふじ　悪気がないということは、本心だということではありませんか。
三郎太　それは違います。隼助さんが余計なことを言うからいけないんです。
隼助　俺が悪いのか？　どうして。
鏡吾　自分の胸に手を当てて、よく考えてみろ。さっき、おまえは何と言った。
隼助　「ふじさんの漬けたぬか漬けはうまい」と。
鏡吾　その後だ。
隼助　「さすがに年季が入ってますね」でも、これは誉めたんですよ。
鏡吾　バカ、もう一言、ポロッと言ったじゃないか。「虎太郎、残り物には福があるっていうのは本当だな」
ふじ　ひどい。（と泣く）
隼助　ふじさんのことじゃありませんよ。あれは、朝飯の残りにありつけて嬉しいという意味で。
三郎太　しかし、確かにふじさんを見ながら言いました。
ふじ　ひどい。でも、もっとひどいのは、一緒になってヘラヘラ笑っていたうちの人です。
虎太郎　俺は元々こういう顔なんだ。
ふじ　心の中では、失敗したと思ってるんでしょう？　こんな年季の入った売れ残りより、もっと若くてイキのいいお嫁さんをもらえば良かったって。
隼助　イキの良さなら、ふじさんは誰にも負けてませんよ。

鏡吾　（隼助を叩いて）いいですか、ふじさん。我々はご存じの通り、むさ苦しい独り者ばかり。あなたのような、できた奥方をもらった虎太郎が、羨ましくて仕方ないんだ。だから、隼助の奴も憎まれ口を叩くわけで。

隼助　憎まれ口とはなんですか。私はただ正直に――

鏡吾　（隼助を叩いて）全く、虎太郎は果報者です。昔から言うではありませんか。「一つ上の姉さん女房は、金の草鞋を履いてでも探せ」と。

ふじ　私は五つ上です。

鏡吾　つまり、金の草鞋五足分の価値があるということです。そうだな、虎太郎？

虎太郎　鏡吾さんの仰る通りです。

ふじ　またヘラヘラ笑ってる。（と泣く）

鏡吾　もういい。ここまで言ってもわからないなら、仕方ない。今すぐ別れなさい。

虎太郎　鏡吾さん！

鏡吾　（ふじに）そして、私、長谷川鏡吾の嫁になりなさい。私は見ての通りの男前だが、この中の誰よりも身分が低い。明日の米さえ買えない、貧乏人です。だから、毎日、虎太郎の家に来ては、飯をご馳走になっている。そんな私を選ぶか、虎太郎を選ぶか、二つに一つです。さあ、どうします。

ふじ　虎太郎殿を選びます。でも、それは虎太郎殿の身分が高いからではありません。とても優しい人だからです。

鏡吾　よろしい。それなら、私は喜んで身を引きます。良かったな、虎太郎。

虎太郎　ふじが鏡吾さんを選んだらどうしようかと思いました。

そこへ、弦次郎・英之助がやってくる。

英之助　懐かしい顔を連れてきたぞ。
三郎太　弦次郎さん！　いつお戻りになったんですか？
弦次郎　ついさっきだ。皆、元気そうだな。
鏡吾　おまえこそ、よく無事だったたな。都の戦は激しかったと聞いたぞ。
弦次郎　何、俺は見ていただけだ。
英之助　虎太郎、ボーッとしてないで、弦次郎に奥方を紹介しろ。
虎太郎　おい、ふじ。
ふじ　（弦次郎に）ふじと申します。よろしくお願いいたします。（と頭を下げる）
弦次郎　野村弦次郎です。話は英之助から聞きました。（虎太郎に）しかし、まさかおまえが一番先に嫁をもらうとはな。
虎太郎　いや、お恥ずかしい。
英之助　何が恥ずかしいものか。立派な奥方ではないか。
隼助　ええ、本当に。だてに年は食ってません。
鏡吾　（隼助を叩いて）三郎太、こいつを外へ摘み出せ。
英之助　待て待て。せっかく弦次郎が帰ってきたんだ。都の話を聞かせてもらおうじゃないか。

三郎太　弦次郎さん、お願いします。

七人が座る。

弦次郎　先程、山岡様にも報告してきたが、戦は幕軍の完敗だった。俺が大坂を発つ少し前に、慶喜公に対する追討令が出された。今頃は、有栖川宮様を総督とする鎮撫《ちんぶ》軍が、江戸に向かっているはずだ。
鏡吾　このまま一気に幕府を叩き潰すつもりか。
三郎太　それは願ってもないことです。どうせ幕府の屋台骨は腐ってたんだ。
英之助　しかし、慶喜公はあくまで抗戦するおつもりじゃないのか？　江戸へ戻られたのも、その準備のためだとか。
弦次郎　いや、俺は違うと思う。確かに慶喜公は、六日の夜に大坂城で開かれた会議で再戦を誓った。が、会議が終わると、密かに軍艦に乗り込み、大坂を脱出したんだ。
鏡吾　そりゃいいや。将軍自ら、逃げ出したのか。アハハ。（と笑う）
ふじ　鏡吾殿、お口が過ぎますよ。
虎太郎　ふじ、慎め。
ふじ　でも、あまりにご無礼ではないですか。我が上田藩は、関ヶ原の昔から将軍家にお仕えしてきたのですよ。それなのに、アハハなどと。
弦次郎　なかなか鋭いことを仰る。しかし、殿が幕府を見限って、薩長の側についたらどうします。

23 TRUTH

ふじ　そんなことがあるでしょうか。

弦次郎　都の戦を見る限り、もう幕府には先がない。我が藩が生き延びるためには、帝に恭順するしかないんです。そのためには、何としてでも、殿をご説得しないと。

英之助　そのことは、山岡様にも申し上げたのか。

弦次郎　ああ、しかし……。

鏡吾　言わなくても、わかるぞ。急がば回れ、と言われたんだろう？　あの人はいつもそうだ。

三郎太　いっそのこと、殿に直訴してみたらどうです。

鏡吾　バカ。頭の固い重役に捕まって、国元に送り返されるのがオチだ。

弦次郎　確かに、殿には無理かもしれない。が、ご家老の林様なら可能性はある。林様なら、俺たちのような若輩者の話にも耳を貸してくださるだろう。

鏡吾　残念ながら、それも無理だ。

弦次郎　なぜだ。

鏡吾　去年の暮れにご病気になられて以来、役宅に引きこもったままなんだ。が、ご病気というのは表向きで、実は殿から謹慎を命ぜられたらしい。

弦次郎　林様が謹慎だと？　何か失態でもあったのか？

英之助　おまえ、横溝様のことは知っているか。

弦次郎　横溝左近様か？　お会いしたことはないが、噂は聞いたことがある。藩校始まって以来の秀才とか。

英之助　おまえが大坂へ行ってすぐに、側用人《そばようにん》として江戸へ来た。俺たちと十も違わないのに、今

三郎太　では殿の右腕とまで言われている。
弦次郎　（弦次郎に）その横溝様がガチガチの主戦派で、徹底抗戦を唱えてるんです。慎重派の林様とは、何かにつけて対立していたようで。
英之助　それじゃ、林様が謹慎を命ぜられたのは、横溝様の差し金なのか？
三郎太　俺たちは間違いないと思っている。その証拠に、林様以外の慎重派が何人も国元へ返された。
ふじ　このままでは、我が藩は幕府とともに滅んでしまいます。一刻も早く、横溝様を何とかしないと。
弦次郎　でも、幕府がそんなに簡単に滅ぶでしょうか？
ふじ　滅びるべきなんです。幕府には最早、日本をまとめる力はない。日本が異国と対等に交流するためには、幕府に代わる、新しい政府を作るべきなんです。
虎太郎　私は今のままでいいと思いますけど。
隼助　時代の流れは止められない。これからは、薩長の時代なんだ。
鏡吾　私は、幕府だろうが薩長だろうが、どちらでも構わない。とにかく、さっさと国をまとめて、目を外に向けるべきです。印度や支那のようになりたくなかったら、最新式の武器を輸入して、異国に対抗するべきです。
三郎太　珍しくまともなことを言うじゃないか。
隼助　隼助さんは、単に鉄砲が好きなだけですよ。
　　悪いか？

英之助　やめろ。弦次郎の話がちっとも進まないだろう。

鏡吾　怒るな怒るな。皆、弦次郎が帰ってきて、気が高ぶってるんだ。（弦次郎に）おまえ、朝飯は食ったのか。

弦次郎　いや、まだだ。

ふじ　それなら是非、うちで召し上がってください。そう言えば、皆様もまだお食事の途中でしたね。

鏡吾　話の続きは食いながらってことにしよう。いいな、英之助？

英之助　ああ。

鏡吾　（弦次郎に）ふじさんが漬けたぬか漬けはうまいぞ。年季が入ってて。

ふじ・虎太郎・隼助・三郎太・鏡吾が去る。

弦次郎　横溝様というのは、そんなに頭の固い人なのか？

英之助　ああ。何かにつけては幕府のためと、俺たちをこき使う。今の俺たちの仕事は、海岸の警備と市中の見回り。おかげで、皆の不満は爆発寸前だ。正直な話、俺一人では手に負えなくなっていた。

弦次郎　済まなかったな、二年も留守にして。

英之助　おまえの言うことなら、あいつらも素直に聞く。俺は頭が悪いから、口では勝てん。

弦次郎　しかし、剣なら誰にも負けまい。

英之助　しかし、あいつらを斬り殺すわけにもいかん。おまえが帰ってきてくれて、本当に助かった。

弦次郎・英之助が去る。

3

慶応四年一月十八日朝。江戸赤坂、池波道場の玄関。
美緒がやってくる。剣道着を着て、竹刀を持っている。立ち止まり、額に手を当てる。後から、初音がやってくる。剣道着を着て、濡れた手拭いを持っている。

初音 美緒ちゃん、大丈夫?
美緒 平気です、これぐらい。唾でもつけておけば、治ります。
初音 駄目、ちゃんと冷やした方がいい。ほら、じっとして。(と手拭いを美緒の額に当てて) 痛かったでしょう。ごめんなさい。
美緒 気にしないでください。よけられなかった私が悪いんです。
初音 いいえ、私が悪い。美緒ちゃんが強くなってたから、つい力が入っちゃった。
美緒 本当ですか? 私、強くなってましたか?
初音 大分稽古したんでしょう。それとも、帆平さんに扱かれたのかな。
美緒 兄上ったら、ひどいんです。「俺から一本取るまで、甘い物は食わせない」って言って、私の目の前でお饅頭をパクパク。

そこへ、弦次郎がやってくる。

弦次郎 おはようございます。

美緒 弦次郎様！

初音 お久しぶりです、弦次郎さん。

弦次郎 お久しぶりです、初音さん。こんなに早くから稽古ですか？

初音 今日は勤めが遅番なんです。それなのに、いつもより早く目が覚めてしまって。美緒ちゃんに無理を言って、付き合ってもらいました。

弦次郎 （美緒に）少しは上達しましたか。

美緒 いいえ、全然。

初音 謙遜することないわよ。（弦次郎に）従姉の私が言うのも何ですけど、二年前とは別人です。

美緒 でも、初音さんに比べたら、まだまだです。私、着替えてきます。

美緒が去る。

初音 弦次郎さん、ありがとうございました。

弦次郎 なぜ礼を言うんです。

初音 約束を守ってくださったからです。絶対に帰ってくるって。

弦次郎　覚えていてくれたんですか。私の方こそ、ありがとうございます。

そこへ、英之助・虎太郎がやってくる。

英之助　おはようございます。

虎太郎　あれ、初音さんも稽古ですか。珍しいですね。

初音　近頃は勤めが忙しくて。美緒ちゃんに抜かれるのも、時間の問題です。

虎太郎　確かに、美緒さんは強くなった。私もこの前、一本取られてしまいました。

英之助　男のくせにだらしがない。そんな調子だから、奥方の尻に敷かれるんだ。

虎太郎　じゃ、英之助さんなら、ふじを尻に敷けますか？

英之助　俺は負けるとわかっている戦はしない。

そこへ、鏡吾・隼助・三郎太がやってくる。隼助は細長い包みを持っている。

鏡吾　おはようございます。

三郎太　（初音に）姉上、稽古はもう終わったんですか？

初音　ええ、ついさっき。それじゃ、私は着替えてきます。（と歩き出す）

鏡吾　初音さん、いい機会だから、弦次郎にも教えてやりましょう。

初音　（立ち止まって）何をですか？

鏡吾　（弦次郎に）実はな。おまえがいない間に、初音さんと英之助は祝言の約束をしたんだ。
英之助　鏡吾、下らない冗談はやめろ。
鏡吾　ほう。じゃ、約束はしてないんだな？
初音　当たり前でしょう？　私と英之助さんは、そんな……。
鏡吾　（弦次郎に）だってさ。良かったな、弦次郎。
弦次郎　え？　じゃ、今のは——
鏡吾　おまえが江戸に帰ってきて、まず最初に知りたかったのは、このことだろう。しかし、初音さんに聞くのは恥ずかしいし、英之助に聞くのは悔しい。だから、俺がかわりに聞いてやったんだ。感謝しろ。
弦次郎　何が感謝だ。人をからかうのもいい加減にしろ。
隼助　まあまあ、皆さん、お気を静めて。今日は皆さんに見てもらいたい物があるんですよ。（と包みを差し出す）
鏡吾　ほう、とうとう完成したのか。
弦次郎　何だ。
鏡吾　ただのガラクタさ。
隼助　失敬なことを言わないでください。作るのに一月もかかったんですよ。
三郎太　作ったんじゃなくて、ちょっと手を加えただけでしょう。
隼助　わかってないな。部品の半分以上は、新しいのに変えたんだ。最早、新品と言っても、いいぐらいだ。

英之助　能書きはいいから、さっさと見せろ。
隼助　人に物を頼む時は、「見せてください」でしょう？
英之助　（刀の柄に手をかける）
隼助　見てください。（と包みを開き、中から鉄砲を出す）
弦次郎　ほう、鉄砲か。どこから手に入れたんだ。
隼助　藩邸の倉庫です。山岡様にお願いして、一丁だけ貸してもらったんです。
三郎太　（弦次郎に）そして、勝手に改造したんです。
隼助　（弦次郎に）もちろん、藩のためにですよ。どうせ元のままでは、最新式のヤツに叶わない。私の計算が正しければ、この鉄砲の命中率は最新式のやつとほとんど変わらない。殿に献上すれば、きっと喜んでいただけます。
鏡吾　それはどうかな。噂によると、我が藩は近々、フランスから武器を買い入れるらしい。
弦次郎　本当か？　それでは、殿はあくまで薩長軍と戦うおつもりなのか。
虎太郎　ということは、隼助さんは幕府のために鉄砲を作ったことになりますね。
隼助　あれ？
三郎太　そこまでは考えてなかったようです。
鏡吾　仕方ない。せっかく作ったのにかわいそうだが、献上する前に捨てよう。
隼助　ちょっと待ってください。せめて試し打ちぐらいはさせてくださいよ。

そこへ、帆平がやってくる。

帆平　やめろ。撃たないでくれ。
隼助　（鉄砲を下ろして）すみません。先生に向けるつもりはなかったんです。
弦次郎　先生、おはようございます。
帆平　その声は弦次郎だな？　そろそろ戻ってくる頃だと思ってたんだ。二年ぶりに稽古に来たのに、師匠が遅刻してすまなかった。
虎太郎　昨夜はどちらへ？　また吉原ですか？
帆平　違う違う。昨夜は、お隣の勝さんの家に――
隼助　勝海舟先生の？　なぜ私を連れていってくださらなかったんです。
帆平　なぜおまえを連れていかなければならないんだ。
隼助　先生の意地悪。私が勝先生をお慕いしていることは、よくご存じのくせに。
帆平　わかったわかった。お詫びの印に、いいことを教えてやる。勝さんが、とうとう海軍奉行並《なみ》に復帰したぞ。
三郎太　本当ですか？
帆平　昨日、正式に拝命したそうだ。そのお祝いにと、上田の酒を持っていったら、一杯飲んでいけと引き止められて。気がついたら、朝になっていた。
初音　（帆平の匂いを嗅いで）お酒臭い。それで稽古ができるんですか？
帆平　酒に酔ったら、酔ったなりの剣法がある。俺が編み出した、酔剣という剣法だ。嘘だ。
弦次郎　先生。勝先生はこの度の戦について、何か仰ってましたか？

帆平　幕府は滅びるべきだ。勝さんは十年も前から、そう言っている。しかし、慶喜公は最後まで諦めなかった。その結果が今度の戦だ。今や、慶喜公は朝敵だ。残された道は恭順しかない。

英之助　やはり、弦次郎の言った通りだな。

帆平　しかし、幕府のお偉方の中には、戦をすればまだ勝てると思ってる奴がいる。それも一人や二人じゃない。今の勝さんの仕事は、そいつらを説得して回ることだそうだ。

虎太郎　何だか、今の我々と同じようなお立場ですね。

帆平　勝さんは幕府の人間だ。しかし、幕府よりも日本という国を大切にする人だ。だから、自分の手で幕府を潰そうとしている。ところが、頭の固い奴らは、勝さんを薩長の回し者だと思っている。

鏡吾　勝先生は今でこそ海軍奉行並だが、元々は俺みたいな貧乏侍だからな。それだけ敵が多いんだろう。

帆平　しかし、今は身分など関係ない。大切なのはトゥルースだ。

鏡吾　また、先生のトゥルースが始まった。

帆平　人には必ずトゥルースがある。勝さんは勝さんのトゥルースために、毎日戦ってるんだ。自分のトゥルースのために生きること。それが、人としてこの世に生まれた者の使命だ、と俺は思っている。

鏡吾　ちなみに、先生のトゥルースは?

帆平　もちろん、剣だ。さあ、稽古を始めるぞ。さっさと支度をしろ。

鏡吾・英之助・隼助・三郎太・虎太郎が去る。

弦次郎　二年ぶりに、先生の口癖を聞きました。

帆平　トゥルースか？　勝さんの受け売りだ。俺が考えたわけじゃない。

弦次郎　エゲレス語でしたよね？　もう一度、意味を教えてください。

帆平　日本語に訳すのは難しいんだ。それも説明したじゃないか。

弦次郎　わかっています。でも、聞きたいんです。

帆平　一言で言えば、真実。嚙み砕いて言えば、まことのこころだ。

弦次郎　ありがとうございました。

弦次郎が去る。

帆平　弦次郎が帰ってきて嬉しいだろう。

初音　嬉しいですよ。ずっと一緒に稽古してきた仲間ですから。

帆平　ふうん。

初音　では、私は着替えてきます。（と歩き出す）

帆平　最近、あまり顔を出さなかったのに、なぜいきなり来た。その理由を次の中から選べ。一、弦次郎の顔を見るため。二、弦次郎と話をするため。三、弦次郎と……。（ニヤリと笑う）

初音　バカなこと言ってないで、稽古に行ってください。

初音が去る。反対側へ、帆平が去る。

江戸築地、浜辺。

弦次郎・英之助・鏡吾・隼助・三郎太・虎太郎がやってくる。隼助は鉄砲を持っている。

虎太郎　今日は絶好の釣り日和ですね。竿でも持ってくれば良かったな。

英之助　おいおい、遊びに来たんじゃないんだぞ。

鏡吾　似たようなものじゃないか。なぜ俺たちまで付き合わなくちゃいけないんだ。

隼助　嫌なら帰ってもらっても構いませんよ。

鏡吾　冷たいこと言うなよ。

隼助　私にはこんなことぐらいしかできません。しかし、私なりに必死で作ったんです。だから、皆に見てほしいんです。

弦次郎　本当は、届けを出した方がいいんだが。

隼助　一発だけです。一発撃てば、成功かどうかわかります。

三郎太　承知しました。じゃ、後は私が――（と鉄砲に手を伸ばす）

鏡吾　待て待て。誰がおまえに撃てと言った。

三郎太　鉄砲を撃つには、腕っぷしが強くないと。とすれば、私しかいないでしょう。

鏡吾　道場の席次を思い出してみろ。一番は英之助、二番が俺と弦次郎。おまえはその次じゃな

三郎太　いか。
隼助　確かに剣の腕はそうです。でも、腕相撲なら。
三郎太　鉄砲は力で撃つものじゃない。状況が冷静に判断できる頭が必要なんだ。
弦次郎　私の頭が悪いって言いたいんですか？
隼助　まあまあ、三郎太。ここは平等に、くじ引きで決めようじゃないか。
英之助　私が作ったんですよ。私が撃つのが筋というものでしょう。
隼助　（刀の柄に手をかける）
弦次郎　くじ引きにしましょう。今、くじを用意しますから。
隼助　（懐から草の束を出して）よし、皆一本ずつ引け。一番長いのを引いたヤツが撃つんだ。
英之助　いつの間にそんな物を。
　いいから、引け。

六人が草を引く。

虎太郎　やった。私のが一番長い。隼助さん、貸してください。
隼助　（鉄砲を差し出して）壊したら、ただじゃおかないからな。
虎太郎　（受け取って）心配しないでください。前に一度、種子島に触ったことがあるんです。
隼助　そんな古いのと一緒にするな。弦次郎さん、やっぱり私が撃った方が——
英之助　平等に決めたんだ！　文句を言うな！

三郎太　英之助さん、目が真っ赤ですよ。
鏡吾　よっぽど撃ちたかったんだろうな。そっとしておいてやれ。
弦次郎　虎太郎、用意はいいか？
虎太郎　はい。
隼助　皆さん、後ろに下がってください。

虎太郎が鉄砲を構える。他の五人は、虎太郎から離れて、跪く。

鏡吾　虎太郎、あのカモメを狙え。
虎太郎　生き物は撃ちたくありません。私はあの岩を撃ちます。
隼助　皆さん、耳を塞いでください。
虎太郎　行きますよ。えい！（と引き金を引くが、動かない）あれ？
英之助　どうした？
虎太郎　何かが引っかかってるみたいで。えい！（とまた引くが、動かない）
隼助　やめろ。無理に引いたら危ない。もういい、やめろ。
弦次郎　虎太郎、鉄砲を放せ。
虎太郎　でも。
弦次郎　虎太郎！

弦次郎が虎太郎から駆け寄り、鉄砲を奪い取る。と、暴発。弦次郎が倒れる。他の五人が弦次郎に駆け寄る。

鏡吾 まずい。頭をやられたぞ。

英之助 医者だ。早くしろ。

英之助・鏡吾・三郎太が弦次郎を抱えて、走り去る。虎太郎が鉄砲を拾う。隼助は呆然としている。

虎太郎 隼助さん。我々も行きましょう。

虎太郎が走り去る。

4

慶応四年二月一日夕。江戸本所、上田藩上屋敷の長屋、虎太郎の部屋。
隼助が立っている。そこへ、ふじがやってくる。隼助を見て、驚く。

ふじ　隼助殿。来たなら来たと、声をかけてくださいよ。驚くじゃありませんか。
隼助　すみません。ちょっと考え事をしていたもので。
ふじ　顔色が悪いですよ。一瞬、幽霊が立ってるのかと思いました。
隼助　こんな間抜けな顔の幽霊はいないでしょう。
ふじ　それもそうですね。ちょっと待っててください。今、皆さんを呼んできますから。
隼助　弦次郎さんは来てますか？
ふじ　いいえ。まだ外には出られないんじゃないですか？
隼助　そうですか。
ふじ　隼助殿はお見舞いに行ってないんですか？
隼助　ええ。何だか、顔を出し辛くて。
ふじ　まだ気にしてるんですか？　もう二週間も経ったのに。

隼助　しかし、私が鉄砲さえ作らなければ、弦次郎さんは怪我をせずに済みました。
ふじ　いいですか、隼助殿。あれはあくまでも事故だったんです。ご自分を責めるのはやめてください。

そこへ、三郎太がやってくる。

三郎太　(隼助に)良かった。遅いから、迎えに行こうかと思ってたんですよ。
隼助　いきなり呼び出して、何の用だ。
三郎太　急いで皆さんに話したいことがあるんです。今、英之助さんを呼んできますから。

そこへ、英之助・弦次郎がやってくる。弦次郎は頭に包帯を巻いている。

三郎太　弦次郎さん!
ふじ　(弦次郎に)出歩いたりして、大丈夫なんですか?
弦次郎　ご心配をおかけしました。
ふじ　(奥に向かって)虎太郎殿! 鏡吾殿! 弦次郎殿がいらっしゃいましたよ!
三郎太　あまり大きな声を出さないでください。傷にさわります。
ふじ　すみません、弦次郎殿。
英之助　弦次郎には聞こえませんよ。言ったでしょう。耳をやられてるんです。

そこへ、鏡吾・虎太郎がやってくる。

鏡吾　弦次郎、熱はもう下がったのか。

英之助　待て待て。弦次郎には聞こえないんだ。弦次郎、書くものを貸せ。(と書く仕種をする)

弦次郎　頼む。(と懐から紙と筆を取り出し、英之助に差し出す)

英之助　(受け取って) おまえらの言うことは、俺が紙に書いて、弦次郎に見せる。さあ、何でも言いたいことを言え。

鏡吾　(弦次郎に) 熱はもう下がったのか。

弦次郎　(英之助の書いた文字を読んで) まだ少しあるが、いつまでも寝ているわけにはいかない。

三郎太　耳の方は、いつ頃、治りそうなんですか?

弦次郎　(読んで) 医者は、もう少し様子を見ないとわからないと言っていた。

虎太郎　でも、治るんですよね?

弦次郎　(読んで) 俺はそう思ってる。

鏡吾　(英之助に) 苛々するな。もう少し早く書けないのか?

英之助　文句を言うなら、おまえが書け。

鏡吾　断る。

英之助　勝手な奴だな。(三郎太に) そんなことより、話というのは何だ。おまえが大事な話があると言うから、弦次郎まで連れてきたんだぞ。

三郎太　ふじさん、申し訳ありませんが、私たちだけにしてもらえますか？
ふじ　私がいると、迷惑ですか？
虎太郎　悪いな。すぐに終わらせるから。
ふじ　わかりました。私は奥で夕餉の支度をしてきます。ひとりぼっちで。

ふじが去る。六人が座る。

隼助　英之助さん、私に書くものを貸してください。（と英之助の手から筆と紙を取り、文字を書いて、弦次郎に見せる）
弦次郎　（読んで）おまえが謝る必要はない。
隼助　いいえ、私が悪いんです。本当に申し訳ありませんでした。（と頭を下げる）
虎太郎　（弦次郎に）私こそ、申し訳ありませんでした。（と頭を下げる）
弦次郎　あれは単なる事故だったんだ。二人とも頭を上げてくれ。
鏡吾　そうだそうだ。何も、一生治らないと決まったわけじゃないんだから。
弦次郎　とにかく、三郎太の話を聞こう。俺のことは気にしなくていい。話の中身は英之助に教えてもらう。
隼助　それは私にやらせてください。お願いします。
英之助　わかった。（三郎太に）なるべくゆっくり話してくれ。
三郎太　話というのは、ご家老の林様のことです。今朝、父上から聞いたんですが、林様が昨夜遅く、ご自宅で切腹なさったそうです。

虎太郎　何ですって？

鏡吾　（三郎太に）そんな話は初めて聞いたぞ。間違いないのか？

三郎太　間違いありません。父上と林様は藩校の頃からの付き合いです。近頃は疎遠になっていたようですが、林様の奥方がわざわざ報せてくださったのです。

英之助　理由は何だ。まさか、また横溝様の差し金か？

三郎太　林様は殿に建白書を出されたのです。上田藩が生き残るためには、一刻も早く、帝に恭順すべきであると。しかし、それを読まれた殿は、激しくお怒りになった。

英之助　怒ったのは、殿じゃなくて、横溝様だろう。

鏡吾　だからって、いきなり殺したりするかな。弦次郎、おまえはどう思う。

弦次郎　俺に聞いたのか、鏡吾？

隼助　（鏡吾に）すみません。今、三郎太の話を書いてるところなんで。

鏡吾　（弦次郎に）俺の方こそ、すまん。ついいつもの調子で聞いてしまった。

虎太郎　（三郎太に）それで、切腹は誰の命令だったんです。

三郎太　もちろん、表向きは殿だ。しかし、事を荒立てたくなかったんだろう。使者を立てて、自裁するようにと伝えてきたそうだ。

英之助　林様のなさったことが間違っているというなら、なぜ堂々と死罪にしない。

三郎太　藩内には、私たちのように、林様を支持している人間がいっぱいいます。その人たちを刺激しないためでしょう。

英之助　あまりにやり方が汚すぎる。殿の名を借りて、腹を断らせるとは。
鏡吾　俺にはどうも信じられんな。それじゃ、殿はまるで操り人形じゃないか。
英之助　殿はまだお若い。藩校始まって以来の秀才なら、簡単に言うことを聞かせられるんだろう。
虎太郎　しかし、このままではまずいですよ。林様がいなくなったら、我が藩は横溝様の思うがままです。
隼助　すみません。もう少しゆっくり話してもらえませんか。
英之助　そうだったな。弦次郎、すまん。
弦次郎　謝ったのか？　俺のことは気にするなと言っただろう。
隼助　しかし、弦次郎さんのご意見を聞かないことには。我々の中で一番頼りになるのは、弦次郎さんなんですから。
弦次郎　何だ、隼助。今、何を言った。
隼助　すみません。（と書く）
鏡吾　（読んで）汚い字だな。もう少し読みやすく書けないのか？
隼助　文句があるなら、あなたが書いてください。
鏡吾　断る。
英之助　俺は、林様のご遺志を継ぐべきだと思う。俺たち六人で建白書を作って、殿にお出しするんだ。直接、お渡しするのは無理だから、山岡様に頼んで――
鏡吾　無駄無駄。急がば回れの山岡様が、そんな危ない役を引き受けると思うか？
虎太郎　じゃ、私たちには何もできないんですか？

三郎太　一つだけ方法があります。横溝様を斬るんです。
鏡吾　（笑って）三郎太、冗談はやめろ。
三郎太　冗談じゃありません。横溝様がいる限り、我が藩は幕府と命運を共にするしかない。幕府と共に滅びるしかないんです。
鏡吾　しかし、横溝様だって人の子だ。いくらなんでも、殺すことはないだろう。
三郎太　鏡吾さん、恐いんですか？
鏡吾　誰が恐いと言った。俺はやりすぎだと言ったんだ。
英之助　二人とも大きな声を出すな。弦次郎、おまえはどう思う。
隼助　ちょっと待ってください。（と書く）
弦次郎　（読んで）俺は鏡吾の意見に賛成だ。林様が殺されたから、横溝様を殺すというのでは、あまりに短絡的すぎる。まるで、子供の喧嘩ではないか。
三郎太　しかし——
弦次郎　俺のトゥルースはそんなに安っぽいものじゃない。三郎太、他にもいい方法がきっとあるはずだ。みんなでじっくり考えようじゃないか。
英之助　そうだな。弦次郎の言う通りだ。

そこへ、ふじがやってくる。

ふじ　お話中、失礼致します。これ以上、味見をしていると、お料理がなくなってしまいます。

虎太郎　今、行く。
英之助　弦次郎、飯にしよう。（と食べる仕種をする）
弦次郎　いや、俺は遠慮しておく。久しぶりに皆と話したせいかな。少し疲れた。
ふじ　お大事になさってくださいね。
英之助　（弦次郎に）じゃ、俺が送っていこう。
隼助　私も行きます。

弦次郎・英之助・隼助が去る。

鏡吾　耳が聞こえないというのは、意外と不便なんだな。
ふじ　弦次郎殿も辛いでしょうね。でも、治るまでの辛抱です。
鏡吾　しかし、もし治らなかったら――
三郎太　鏡吾さん、怒りますよ。
鏡吾　誤解するな。俺だって、治ってほしいとは思ってる。しかし、もし治らなかったら、俺たちはどうすればいいんだ。
虎太郎　信じて、待つしかないです。我が藩を救えるのは、あの人だけなんですから。

鏡吾・三郎太・虎太郎・ふじが去る。

5

慶応四年二月十三日朝。江戸赤坂、池波道場の玄関。
帆平がやってくる。剣道着を着て、竹刀を持っている。立ち止まり、額に手を当てる。後から、美緒がやってくる。剣道着を着て、濡れた手拭いを持っている。

美緒　兄上、大丈夫ですか？
帆平　平気だ、これぐらい。唾でもつけとけば、治る。
美緒　駄目ですよ、ちゃんと冷やさないと。いいから、じっとしてください。（と手拭いを帆平の額に当てて）すみません。痛かったでしょう？
帆平　気にするな。おまえごときに一本を許した、俺の方が悪い。
美緒　じゃ、今日から甘い物を食べていいですよね？
帆平　約束だからな。朝飯は羊羹、昼飯は最中、夕飯はぼた餅を食え。
美緒　え？　甘い物は、おやつの時だけでいいですよ。
帆平　だったら、俺に勝て。俺から一本取るまで、甘くない物は食わせない。

そこへ、初音がやってくる。風呂敷包みを持っている。

初音　あらあら、また兄妹喧嘩ですか？

美緒　聞いてください、初音さん。兄上ったら、ひどいんです。

初音　また何か言われたの？　本当に意地悪なお兄さんよね。私が妹だったら、とっくの昔に寝首を掻いてるわ。

帆平　恐ろしいことを言う奴だな。それより、その包みは何だ。

初音　母上からお蕎麦がたくさん届いたので、お裾分けに。二人とも、大好きでしょう？（と差し出す）

美緒　（受け取って）ありがとうございます。（帆平に）これ、私もいただきますからね。

帆平　一本だけだぞ。

初音　お蕎麦と一緒に、手紙も届きました。帆平さんには、早く嫁をもらえ、相手がいないならいくらでも紹介してやるって。

帆平　叔母上はいつもその話だ。別に相手がいないわけじゃない。いすぎて、選ぶのに苦労してるんだ。嘘だ。

初音　美緒ちゃんには、帆平なんか放り出して、早く嫁に行けって。

帆平　俺たちのことより、上田の様子は書いてなかったか。そろそろ鎮撫軍が到着してもおかしくない頃だろう。

初音　さあ。お蕎麦なんか送ってきたんだから、まだ平気なんじゃないですか？

帆平　だったらいいが。初音、おまえは当分ここに来ない方がいいぞ。
初音　なぜですか？
帆平　勝さんから聞いた話だが、昨日、慶喜公が上野の寛永寺に閉居されたそうだ。ついに、将軍自らが帝に対して恭順の意を示したんだ。
初音　その話は、私も藩邸で聞きました。勝先生のご努力がやっと実を結んだんですね。
帆平　しかし、幕府の主戦派は納得していない。それどころか、慶喜公は勝さんに操られているだけだと言っているらしい。勝さんさえいなくなれば、幕府は元通りになると思い込んでるんだ。
初音　それじゃ、主戦派の方々は勝先生のお命を？
帆平　勝さんには、美緒を一人で出歩かせるなと言われた。いくら剣の修行をしていても、相手は殺し屋だからな。

そこへ、弦次郎・英之助がやってくる。

弦次郎　おはようございます。
美緒　弦次郎様。稽古にいらっしゃったんですか？
帆平　心配したぞ、弦次郎。しかし、すっかり元気になったようだな。
弦次郎　ちょっと待ってください。すみませんが、これに書いてもらえますか。（と帆平に紙と筆を差し出す）

帆平　（受け取って）まだ治ってないのか？　そろそろ一カ月経つというのに。
初音　帆平さん、私が書きましょう。（と帆平の手から紙と筆を取って）さあ、どうぞ。（と頷く）
弦次郎　（帆平に）長い間、ご心配をかけて申し訳ありませんでした。頭の傷の方はほとんど治ったんですが――
帆平　耳の方も早く治るといいな。これでは、何かと不便だろう。
弦次郎　本当ですか？
美緒　（読んで）治る見込みはないそうです。昨日、医者にそう言われました。
英之助　私も一緒に行って、見立てを聞きました。山岡様が紹介してくださった、江戸でも有名な医者です。間違いはないと思われます。
美緒　そんな……。
弦次郎　今日は、先生に帰国のご報告に参りました。
初音　上田に帰るんですか？　どうして。
帆平　初音、書くんだ。書かなければ、伝わらないだろう。
初音　（書く）
弦次郎　（読んで）昨日、藩から正式な処分が下りました。事故はあくまでも、私の不注意によるもの。御役御免もやむを得ないと覚悟していたのですが、江戸詰めから御馬組に移るだけで済みました。
帆平　おまえに馬の世話をしろと言うのか？　おまえほどの頭があれば、他にいくらでも使い道があるだろうに。

弦次郎　（読んで）殿がお決めになったことです。
帆平　嘘つけ。話はこいつらから聞いてるぞ。実際に決めたのは、側用人の横溝って奴だろう。
弦次郎　（読んで）ええ。だから、私はもっと厳しい処分を予想していたのです。林様が切腹なさってから、私は横溝様のやり方にずっと反発してきました。見回りや警備を病気と称して休んだり、慎重派の方々に直訴して回ったり。横溝様からすれば、目障りな存在だったはずです。それなのに、国元へ送り返されるだけで済んだ。私はむしろ、横溝様の温情に感謝しているのです。
帆平　何が温情だ。横溝はおまえに恩を売るつもりなんだよ。
弦次郎　（読んで）たとえそうであったとしても、私にはありがたい。今、藩から放り出されたら、私には生きる術がありません。
帆平　いざとなったら、ここへ来ればいい。おまえの腕なら、師範代ぐらいはつとまるはずだ。
弦次郎　（読んで）ありがとうございます。その言葉、一生忘れません。
初音　それで、出発はいつですか？
弦次郎　（読んで）藩からは二月中に戻れと言われています。だから、そろそろ支度を始めないと。
帆平　おまえがいなくなると淋しくなるな。大体、誰がこいつらをまとめるんだ。
英之助　我々には弦次郎がいます。
帆平　だから、いなくなるんだってば。
英之助　たとえ江戸を去っても、心の中には残る。何かあった時は、弦次郎だったらどうするか、それを考えればいい。（弦次郎に）軽はずみな真似は絶対にしない。だから、安心してくれ。

弦次郎　(読んで) わかってる。ただ、一つだけ気がかりなことがあるんだ。
帆平　気がかりなこと?
弦次郎　英之助と初音さんのことです。
英之助　弦次郎。
弦次郎　この際だから言わせてもらう。いつまで初音さんを放っておくつもりだ。
英之助　ちょっと待て。俺は――
弦次郎　隠してもわかるぞ。おまえは初音さんに嫁に来てほしいんだろう?
英之助　しかし、弦次郎――
弦次郎　グズグズするな。それとも、初音さんを誰か他の奴に取られてもいいのか。
英之助　(首を横に振る)
弦次郎　そういうことです、初音さん。どうか、こいつの嫁になってやってもらえませんか。
初音　……。
弦次郎　すぐに返事をしろとは言いません。改めて、英之助からお願いに行かせますから、考えてみてください。いいな、英之助?
英之助　(頷く)
弦次郎　(帆平に) これでやっと肩の荷が下りました。安心して帰れます。
帆平　(初音の手から筆と紙を取って) 弦次郎、それはおまえの本心か。(と書く)
弦次郎　(読んで) そうです。これが私のトゥルースです。
帆平　そうか。

弦次郎　では、出発の前にまた挨拶に来ます。

弦次郎が帆平から紙と筆を取り、去る。英之助が後を追おうとする。

帆平　（英之助に）おまえは稽古に来たんだろう？　早く支度をしろ。

英之助　はい。

英之助が去る。初音が弦次郎の後を追って去る。美緒が泣き出す。

帆平　なぜおまえが泣く。

美緒　弦次郎様がかわいそうです。怪我さえしなければ、こんな目に遇わずに済んだのに。

帆平　下手な同情はやめろ。

美緒　でも。

帆平　俺だって、代われるものなら代わってやりたい。しかし、それはできない。黙って見守ることしかできないんだ。

帆平が去る。後を追って、美緒も去る。
江戸赤坂、池波道場の近くの道。
弦次郎がやってくる。後から、初音が走ってくる。

初音　弦次郎さん！　弦次郎さん！

弦次郎　（立ち止まり、振り向いて）初音さん。

初音　（弦次郎の手から紙と筆を取り、書く）

弦次郎　（読んで）いいえ、声が聞こえたわけではないんです。この頃、後ろの気配がわかるようになってきたんです。

初音　（書く）

弦次郎　（読んで）聞きたいこと？　何です。

初音　（書く）

弦次郎　（読んで）私だって同じですよ。初音さんとお別れするのはとても淋しい。ずっと一緒に稽古をしてきた仲間ですから。

初音　それだけですか。

弦次郎　今、何て言ったんですか？

初音　（書く）

弦次郎　（読んで）もちろん、それだけではありません。しかし、今の私には、あなたに一緒になってほしいという資格はない。あなたを幸せにできません。

初音　……。

弦次郎　しかし、英之助ならできる。英之助なら安心してあなたを任せられる。どうか、いい返事をしてやってください。

弦次郎が初音の手から紙と筆を取り、去る。

6

慶応四年二月二十一日夜。江戸本所、上田藩上屋敷の庭。
初音が立っている。懐から手紙を取り出して、読む。

初音　「いつからあなたをお慕いするようになったのか、はっきり覚えてません。気づいた時には、会うのが楽しみになっていた。声を聞くのが楽しみになっていた。大坂から帰ったら、すぐにあなたに言うつもりでした。私と一緒になってほしいと。しかし、あの事故で、すべてが吹き飛んでしまった。私は耳を失うと同時に、あなたも失ってしまったのです。あの時、あなたに言ったことは本心です。後悔はしていません。しかし、私は決して忘れません。あの時、あなたが書いてくれたことを。お別れするのは淋しい、という言葉を。この言葉さえあれば、生きていける。一人でも生きていけると思いました」

そこへ、隼助がやってくる。

隼助　初音さん、いかがですか。

初音　今、読み終わったところです。
隼助　申し訳ありません。（と頭を下げる）
初音　なぜ私に謝るんですか？
隼助　実は、最初の方だけ読んでしまったんです。初音さんへの手紙だとわかっていたのに、つい気になって。
初音　いいんですよ。読まれて困るようなことは、何もありませんでした。今年の一月からの出来事が、細かく書かれていただけです。
隼助　それで、理由はわかりましたか？
初音　なぜ英之助さんを断ったか、ですか？
隼助　ええ。
初音　それは書いてありませんでした。手紙は途中で終わってたんです。二月十三日で。
隼助　十三日というと、処分が下った頃ですね？
初音　あの日、私は弦次郎さんに会っているんです。帆平さんに帰国の挨拶をしに来た時、私もその場にいたんです。結局、弦次郎さんと話をしたのは、それが最後でした。
隼助　その後、何かあったんでしょうか。英之助さんを断らなければならないような、何かが。
初音　そうかもしれません。
隼助　私にはどうしても信じられないんです。弦次郎さんが我々を裏切るなんて。もし裏切ったとしても、英之助さんを断るでしょうか。あんなに仲が良かったのに。
初音　でも、断ったのは事実です。

隼助　何か事情があったとは思いませんか。たとえば、横溝様に脅されて、やむを得ずに斬ったとか。
初音　わかりません。でも、英之助さんは私の許嫁です。許嫁の仇は取らなければなりません。それなのに、少しも怒りが湧いてこないんです。弦次郎さんの思い出が次から次へと浮かんできて、涙が出てくるんです。変ですね。私は弦次郎さんじゃなくて、英之助さんの許嫁なのに。
隼助　初音さんのお気持ちはよくわかります。私も、弦次郎さんを斬ろうって気持ちにはどうしてもなれません。
初音　手紙、届けていただいてありがとうございました。
隼助　私のことも、書いてありましたか。
初音　もちろん。皆の名前が出てきました。
隼助　鉄砲の試し撃ちのことも。
初音　ええ。
隼助　弦次郎さんは私を恨んでいるでしょうね。
初音　そんなことは一言も書いてありませんでしたよ。
隼助　あの人はそういう人です。だから、皆に好かれてたんです。もし、弦次郎さんが変わってしまったんだとしたら、それは私のせいなんです。
初音　弦次郎さんは、今頃どこにいるんでしょうか。
隼助　明日も、手分けして探すことになっています。何かわかったら、すぐにお知らせします。

初音　お願いします。

初音が去る。反対側へ、隼助が去る。
武蔵国中野村、海音寺の一室。
月真和尚・弦次郎・美緒がやってくる。美緒は紙と筆を持っている。

月真和尚　この部屋を使うといい。古くて狭くて汚いが、禅寺は大体こんなものだ。
美緒　ありがとうございます。
月真和尚　礼には及ばん。あんたの父上とは、昔からの付き合いだからな。あんたの兄上だって、若い頃はよく修行に来たものだ。
美緒　兄上からよく伺っております。
月真和尚　まあ、座りなさい。

三人が座る。

月真和尚　美緒さんだったな。前に一度だけ会ったことがあるんだが、覚えているか。
美緒　いいえ。
月真和尚　当たり前だ。あんたはまだ母上のお腹の中にいた。しかし、拙僧にはあんたが見えた。確か、逆子だったろう。

美緒 いいえ。

月真和尚 では、あの後、治ったのか。良かった良かった。それにしても、赤坂からここまではかなりの道のりだ。怪我人と二人で、よくたどり着いたな。

美緒 駕籠で来ましたから。

月真和尚 やはりな。とすると、道には迷わずに済んだわけだ。

美緒 それが、駕籠を降りたら、方角がわからなくなってしまって。畑仕事をしていた人に、海音寺はどこですかって聞いたら、親切に教えてくれました。あと、あそこの月真和尚はすぐに怒鳴るから気をつけろって。

月真和尚 怒鳴ったりなどせん。拙僧は元々声がでかいのだ。（弦次郎に向かって、全身を動かしながら）それで、おまえはこれからどうするつもりだ。

美緒 ちょっと待ってください。今、書きますから。（と紙に筆で書く）

月真和尚 うん。書いた方が早いね。

弦次郎 （読んで）明日にでも、上田に向かおうと思います。

月真和尚 故郷に帰って、何をする。

弦次郎 （読んで）父上と母上に一目会いたいんです。その後のことは、まだ決めていません。

月真和尚 随分、思い詰めた目をしているな。まさかとは思うが、死ぬつもりか？

弦次郎 （読んで）……。

月真和尚 喝！（と美緒の手から紙と筆を取って）なぜ死ぬのだ。（と書く）

弦次郎 （読んで）私には自分が許せません。

月真和尚　なぜ許せないのだ。（と書く）
弦次郎　（読んで）この手で、無二の親友を斬ったからです。
月真和尚　なぜ斬ったのだ。（と書く）
弦次郎　それは言えません。
月真和尚　（美緒に）あんたは知ってるのか。
美緒　いいえ。
月真和尚　喝！
美緒　本当です。本当に知らないんです。
月真和尚　よし、わかった。これ以上は聞かぬ。今日はもう寝ろ。（と書く）
弦次郎　申し訳ありません。（と立ち上がるが、すぐによろめく）
美緒　弦次郎様！（と支える）
月真和尚　（弦次郎の額に自分の額を当てて）ひどい熱だ。
弦次郎　大丈夫です。一晩寝れば、歩けるようになります。
月真和尚　無理をするな。熱が下がるまで、ここにいろ。（と書く）
弦次郎　（読んで）そこまでご迷惑をかけられません。
月真和尚　迷惑かどうかは、拙僧が決めることだ。（と書く）
弦次郎　（読んで）しかし——
月真和尚　喝！　年寄りの言うことは聞け。（と書く）
弦次郎　（読んで）わかりました。

月真和尚　今、布団を用意しよう。（美緒に）あんたも手伝ってくれ。
美緒　はい。

月真和尚・美緒が去る。弦次郎が懐を探る。

弦次郎　手紙は？（とさらに探って）落としたのか。

弦次郎が去る。

7

慶応四年二月十五日夕。江戸本所、上田藩上屋敷の長屋、虎太郎の部屋。
三郎太がやってくる。

三郎太　鏡吾さん！　鏡吾さん！

そこへ、虎太郎・ふじがやってくる。

ふじ　残念でした、鏡吾殿はいませんよ。一度いらしてから、またどこかへ出かけてしまいました。
三郎太　自分で集めておきながら、無責任な人だな。
虎太郎　英之助さんや隼助さんを呼びに行ったんじゃないですか？　今日の話はかなり重大らしいですよ。鏡吾さん、妙に落ち着きがなかった。
三郎太　落ち着きがないのは、いつものことじゃないか。あれで弦次郎さんより年上だなんて、絶対に信じられない。
ふじ　え？　私は同い年かと思ってました。

三郎太　いや、鏡吾さんの方が一つ上です。だから、本来なら、鏡吾さんがまとめ役になるべきなんだ。
虎太郎　あの人は、自分の身分を気にしてるんだと思いますよ。（ふじに）あの人の父上は、あの人が子供の頃に切腹してるんだ。
ふじ　切腹？
虎太郎　あの人の父上は、国元で出納役をしていたんだ。しかし、あの人が八つの時に、公金横領の疑いをかけられた。証拠がなかったので、死罪は免れたが、殿のご命令で自裁したんだ。
ふじ　まるで、林様のようですね。
虎太郎　幸い、家は潰されずに済んだが、碌は十分の一に減らされた。あの人は冗談みたいに言ってるが、明日の米さえ買えないというのは、本当の話なんだ。
三郎太　だからって、いちいち口に出す必要はないだろう。
ふじ　口にしなければ、辛くなるのかもしれませんね。自分で自分を笑うことで、必死に耐えているのかもしれません。
虎太郎　ああ、俺もそう思う。

そこへ、英之助・隼助がやってくる。

英之助　（虎太郎に）なんだ、鏡吾はまだ来てないのか。
隼助　せっかく走ってきたのに、損したな。

三郎太　いいじゃないですか、たまには。体を鍛えるのも、武士の心得ですよ。
隼助　うるさい。人には、向き不向きがあるんだ。
三郎太　だったら、武士をやめたらどうですか。
隼助　何だと？
英之助　やめろ、二人とも。つまらない言い争いをしてる場合か。

そこへ、弦次郎・鏡吾がやってくる。

鏡吾　おっ、ちゃんと皆揃ってるな。待たせて悪かった。
英之助　なんだ、弦次郎を迎えに行ってたのか。
鏡吾　こいつ、近頃、呼んでもなかなか来ないだろう？　だから、無理やり引っ張ってきた。
ふじ　弦次郎殿までお呼びしたということは、さぞかし重大な話なんでしょうね。お聞きするのが楽しみです。
虎太郎　ふじ、おまえは夕餉の支度をしてきてくれ。
ふじ　え？　またひとりぼっちで？
鏡吾　申し訳ない。お詫びに、後で肩を揉みますから。
ふじ　お気遣いなさらないでください。肩なら毎晩、虎太郎殿に揉んでもらってますから。

ふじが去る。六人が座る。

隼助　弦次郎さん、紙と筆を。（と書く仕種をする）

弦次郎　（隼助に紙と筆を渡して）要点だけでいいぞ。書くだけじゃなくて、おまえも意見を言うんだ。

隼助　わかりました。（と頷く）

弦次郎　鏡吾、始めてくれ。

鏡吾　俺の話を始める前に、三郎太に聞きたいことがある。おまえ、近頃、帰りが遅いが、一体どこへ行ってるんだ。

三郎太　どこと言われても、道場で居残り稽古をしたり、酒を飲みに行ったり。

鏡吾　とぼけるな。おまえが毎晩、横溝様の後をつけていることはわかってるんだ。一体何を企んでる。

英之助　（三郎太に）まさか、横溝様を斬るつもりか？

三郎太　違いますよ。

英之助　この前、弦次郎が言ったことを忘れたのか。横溝様を殺すことより、他の方法を考えようと。

三郎太　それで何が変わりました。見回りや警備を休んでも、慎重派の方々を説得しても、何も変わらない。それどころか、何人かの方は国元へ送り返されてしまった。私たちのしたことはすべて無駄だったんです。

鏡吾　だから、一人で斬ろうとしたのか。

三郎太　ええ。勝手な行動を取ったことは謝ります。許してもらえないなら、私はここから出ていきます。

鏡吾　待て、三郎太。出ていくのは、俺の話を聞いてからにしろ。

英之助　話というのは、三郎太と何か関係があるのか。

鏡吾　いや、関係あるのは横溝様だ。三郎太、横溝様は近頃、どこへ出かけていた。

三郎太　日本橋や柳橋の料亭です。

鏡吾　そこで誰に会っていた。

三郎太　さあ。どこかの藩の重役のようでしたが、皆、頭巾をかぶって、顔を隠していたので。

鏡吾　そこまでわかっていて、なぜ調べなかった。俺は昨夜、横溝様が馴染みにしている料亭に行って、奉公人から聞き出してきた。横溝様が会っていたのは、小田原藩や佐倉藩の家老だ。

虎太郎　我が藩と同じ、譜代藩の方々ですね？

鏡吾　横溝様は譜代藩を一つにまとめて、帝に慶喜公の助命嘆願書を出そうとしているんだ。

虎太郎　ちょっと待ってください。そんなことをしたら、我が藩は幕府の味方だと宣言するようなものじゃないですか。

三郎太　（鏡吾に）幕府はすでに半分沈んでしまった船なんですよ。横溝様はなぜそれがわからないんですか。

鏡吾　横溝様の狙いはそれだけじゃない。勝先生を亡き者にしようとしているんだ。

隼助　何ですって？

英之助　バカな。勝先生がいなくなったら、日本の国まで沈んでしまうぞ。

弦次郎　（読んで、鏡吾に）それは確かな話なのか。

鏡吾　ああ。仲居の一人が偶然、耳にしたそうだ。その女は、勝って人がどんな人か、全く知らなかったがな。
隼助　すぐに勝先生にお知らせしましょう。
英之助　知らせてどうする。
隼助　決まってるじゃないですか。我々でお守りするんですよ。
英之助　勝先生は幕府の重鎮だ。江戸城内とか老中の屋敷とか、我々の出入りできない所で襲われたら、手も足も出せない。
隼助　じゃ、黙って見てろと言うんですか。
英之助　こうなったら、先手を打つしかないだろう。
鏡吾　おまえもそう思うか。
虎太郎　まさか、横溝様を。
三郎太　他にどんな手がある。（英之助に）斬り役は私がやります。私にやらせてください。
鏡吾　いや、俺がやる。おまえが死んだら、池波家はどうなる。こういう仕事は俺のような、身分の低い者がやるべきだ。
三郎太　また身分の話ですか。あなたはいつもそうだ。
鏡吾　おまえに俺の気持ちがわかってたまるか。俺は今日まで、父上の汚名を背負って生きてきた。藩のために何かしたいと思っても、何もさせてもらえなかった。失敗して死んだとしても、藩のために死ねるなら本望なんだ。
英之助　二人とも落ち着け。弦次郎、おまえの意見を聞かせてくれ。

隼助　ちょっと待ってください。（と書く）
弦次郎　（読んで）皆の気持ちはわかるが、俺は事を急ぐべきではないと思う。
英之助　なぜだ。
弦次郎　鏡吾が調べたことはあくまでも又聞きだ。直接、横溝様に確かめてみなければ、事実かどうかはわからない。
鏡吾　バカな。横溝様が正直に認めると思うか？
弦次郎　（読んで）結果がどうなろうと、一度は話をしてみるべきだ。話もしないで斬るというのは、あまりに乱暴すぎる。
三郎太　それで、手遅れになったら、どうするんです。
弦次郎　（読んで）とにかく、一度、頭を冷やせ。結論を出すのは、それからだ。ただし、勝先生には今夜のうちにお知らせしておいた方がいい。隼助、おまえが行ってきてくれ。
隼助　わかりました。（と弦次郎に紙と筆を渡す）
三郎太　私も行きます。

隼助・三郎太が立ち上がる。そこへ、ふじがやってくる。

ふじ　あら、お二人とも、お食事は召し上がっていかないんですか？
隼助　ええ。これから、赤坂へ行かなければならないんで。
ふじ　せっかく七人分作ったのに。

鏡吾　申し訳ないが、俺も遠慮します。今日は、皆で飯を食う気分ではない。
ふじ　え？　大食らいの鏡吾殿まで？　ということは、弦次郎殿と英之助殿も？
虎太郎　まさか。（英之助に）もちろん、召し上がっていきますよね？
英之助　もちろんだとも。今日のおかずは何かな。とっても楽しみだな。
ふじ　いつもと同じ、ぬか漬けです。変わり映えしなくて、すみません。

鏡吾・隼助・三郎太が去る。反対側へ、虎太郎・ふじが去る。

弦次郎　英之助。（と筆と紙を差し出す）
英之助　（受け取って）どうした。
弦次郎　あれから、初音さんには会いに行ったか。
英之助　ああ。（と頷く）
弦次郎　それで、初音さんの返事は。
英之助　（書く）
弦次郎　（読んで）そうか、それは良かった。で、祝言はいつだ。
英之助　（書く）
弦次郎　（読んで）バカ、早く決めろ。のんびりしてると、逃げられるぞ。
英之助　すまん。
弦次郎　何か言ったか？

英之助　いや、何でもない。俺たちも飯にしよう。（と食べる仕種をする）
弦次郎　英之助、一つ頼みがある。
英之助　頼み？
弦次郎　もう一度話し合いをして、それでも横溝様を斬るということになったら、その時は俺にやらせてくれ。
英之助　待てよ。おまえ、さっきは——
弦次郎　俺には将来の望みが何もない。失敗しても、失う物は何もないんだ。しかし、みんなは違う。
英之助　弦次郎。
弦次郎　心配するな。おまえにはかなわないが、俺の剣だって捨てたもんじゃない。さあ、飯にしよう。

弦次郎・英之助が去る。

8

慶応四年二月二十日夜。江戸本所、上田藩上屋敷の庭。
鏡吾がやってくる。反対側から、弦次郎がやってくる。

弦次郎 どうした。俺に急用か。（と紙と筆を差し出す）
鏡吾 （受け取って）ああ。今から外へ出られるか。（と書く）
弦次郎 （読んで）別に構わないが、どこへ連れていく気だ。
鏡吾 新橋の料亭だ。そこで今、横溝様が会合を開いている。同席しているのは、他藩の重役ではない。浪人姿の男たちだ。（と書く）
弦次郎 （読んで）まさか、今夜、勝先生を。
鏡吾 それはまだわからない。が、念のために、一緒に来てほしい。（と書く）
弦次郎 （読んで）英之助には知らせたか。
鏡吾 もちろんだ。しかし、あいつは他に用があるらしい。後から来ると言っていた。（と書く）
弦次郎 （読んで）よし、行こう。今、刀を取ってくる。

弦次郎が鏡吾の手から紙と筆を取り、走り去る。反対側へ、鏡吾が走り去る。

江戸新橋、料亭の一室。

山岡・英之助がやってくる。山岡は頭巾を被っている。二人が座る。

山岡　悪かったな、こんな所まで呼び出して。（と頭巾を取る）

英之助　いいえ。しかし、その頭巾は何のためです。ここに来ることが、誰かに知られてはまずいのですか。

山岡　ああ。実は、この近くの料亭に、横溝様がいらしているのだ。

英之助　横溝様が？

山岡　その話はまた後だ。今夜は、おぬしとじっくり話がしたい。わしが聞くことに、正直に答えてくれ。

英之助　私に答えられることでしたら、何なりと。

山岡　では、早速、始めよう。おぬしは横溝様をどう思っている。

英之助　非常に優秀な方だと伺っております。

山岡　他人の評判はどうでもいい。おぬしの気持ちを聞いているのだ。

英之助　それは、山岡様のお察しの通りです。私が市中の見回りや海岸の警備を休んでいるのは、それが横溝様のご命令だからです。私には、横溝様のやり方が我慢なりません。

山岡　わしが聞きたいのは、その先だ。

英之助　その先とは。

山岡　五日ほど前から、長谷川鏡吾が横溝様の後をつけ回している。そのことは、おぬしも知っているな？
英之助　いいえ、初耳です。
山岡　とぼけるのも、いい加減にしろ。おぬしとおぬしの仲間たちは横溝様を斬ろうとしている。そうだろう、英之助。

江戸新橋、料亭の前。
弦次郎・鏡吾がやってくる。鏡吾は灯の入った提灯を持っている。

弦次郎　あの料亭に間違いないのか。（と紙と筆を差し出す）
鏡吾　（受け取って）ああ。横溝様は奥の離れにいる。（と書く）
弦次郎　勝先生のお屋敷は、ここから目と鼻の先だ。ひょっとすると、今夜やるつもりかもしれない。
鏡吾　どうする。ここで、出てくるのを待つか。（と書く）
弦次郎　いや、あらかじめ、敵の数を知っておきたい。悪いが、様子を見てきてくれ。
鏡吾　お安い御用だ。（と頷く）
弦次郎　俺はここで英之助を待つ。あいつはこの場所を知ってるんだろう？
鏡吾　ああ。じゃ、行ってくる。

鏡吾が弦次郎に紙と筆を渡して、走り去る。

江戸新橋、料亭の一室。

山岡 答えろ、英之助。
英之助 何度聞かれても、同じです。我々には、横溝様を斬るつもりなどありません。
山岡 あくまでシラを切るつもりか。ならば、話を変えよう。先程、この近くに横溝様がいらしているると言ったな。それは何のためだと思う。
英之助 さあ。
山岡 横溝様は勝先生を斬るつもりなのだ。今夜は、そのための打ち合わせをしているのだ。
英之助 やはり、そうでしたか。
山岡 今、やはりと言ったな。やはり、おぬしはこのことを知っていた。大方、鏡吾が調べてきたのだろう。
英之助 ええ、その通りです。
山岡 おぬしたちは勝先生を守るために、横溝様を斬るつもりだった。それに間違いないか。
英之助 ええ。
山岡 やっと認めてくれたな。ならば、安心して、頼むことができる。横溝様を斬ってくれ。
英之助 今、何と仰いました？
山岡 何度も言わせるな。横溝様が林様に腹を斬らせたことは、わしも苦々しく思っていた。が、藩内の権力争いなど、いつの世にもあること。いちいちめくじらを立てても仕方ない、と我慢していた。が、相手が勝先生となったら、話は別だ。

英之助　山岡様は、勝先生をご存じなのですか？

山岡　お会いしたことはないが、今の日本にとって、どれほど大切な人かはわかっているつもりだ。勝先生をお守りするためなら、たとえ自分の藩の上役と言えども、斬るしかない。それを、おぬしにやってほしいのだ。

江戸新橋、料亭の前。
弦次郎が立っている。そこへ、鏡吾が戻ってくる。灯の入った提灯を持っている。

弦次郎　どうだった。（と紙と筆を差し出す）

鏡吾　（受け取って）横溝様はまだ離れにいた。しかし、浪人たちの姿はなかった。（と書く）

弦次郎　（読んで）やはり、今夜はただの打ち合わせだったか。横溝様のお供は？

鏡吾　いない。あの人は神道無念流の免許皆伝だ。剣に自信があるから、いつも一人で行動する。（と書く）

弦次郎　（読んで）そうか。やるなら、今夜しかないというわけか。

鏡吾　英之助は待たないのか？（と書く）

弦次郎　斬り役は俺だ。おまえは、横溝様が出てきたら、合図を送ってくれ。

鏡吾　弦次郎、斬り役は俺にやらせてくれ。（と書く）

弦次郎　（読んで）今さら、何を言う。これは俺の仕事だ。

鏡吾　頼む。俺にやらせてくれ。（と頭を下げる）

弦次郎　なぜそこまでこだわる。父上の汚名を雪ぐためか。
鏡吾　そうだ。（と頷く）
弦次郎　しかし、おまえと父上は別の人間だ。おまえが何をしても、父上が切腹なさったという事実は変わらない。
鏡吾　しかし、俺の気持ちは違う。藩に対して、負い目を感じる必要はなくなる。
弦次郎　鏡吾。
鏡吾　二十年だぞ、二十年。その間、俺は必死で耐えてきた。人になんと罵られようと、俺は藩を裏切った男の息子だ、文句を言う資格などないと。
弦次郎　すまん。俺はおまえを怒らせたんだな。
鏡吾　必ずうまくやってみせる。だから、頼む。（と頭を下げる）
弦次郎　おまえの気持ちはわかるが、やはりこの仕事は俺がやる。父上のためを思うなら、他の仕事を探すべきだ。人殺しなどではない、もっと真っ当な仕事を。
鏡吾　弦次郎。
弦次郎　おまえには、まだいくらでも時間がある。しかし、俺には今しかないんだ。
鏡吾　危なくなったら、必ず助けに行く。せめて、それぐらいはさせてくれ。（と書く）
弦次郎　（読んで）わかったから、もう行け。（と鏡吾の手から紙と筆を取って）合図を忘れるなよ。
鏡吾　ああ。（と頷く）

鏡吾が去る。

江戸新橋、料亭の一室。

山岡　どうだ。わしの頼みを聞いてくれるか。

英之助　驚きました。山岡様から、こんなことを頼まれるとは。

山岡　わしのような腰抜けが、まさか人殺しを頼むとは思わなかっただろう。で、答えはどっちだ。やるのか、やらないのか。

英之助　やります。どうせいつかはやるつもりでしたから。

山岡　斬り役はおまえだったのか。

英之助　いいえ。しかし、その時が来たら、私がかわりに斬ろうと思っていました。それでは、早速、出かけてきます。

山岡　よし、そこまで送ろう。

山岡・英之助が去る。

江戸新橋、料亭の前。

弦次郎が深呼吸をする。刀を抜き、素振りをする。

弦次郎　最初の一撃だ。一撃に全力を尽くすんだ。

弦次郎が振り向き、遠くを見つめる。もう一度、素振りをする。

弦次郎　落ち着け。呼吸を整えろ。

弦次郎が振り向く。遠くで、提灯の灯がゆっくりと回る。一回、二回。

弦次郎　落ち着け。

弦次郎が物陰に隠れる。しばらくして、男がやってくる。頭巾を被っていて、顔は見えない。弦次郎が男の背後に歩み寄る。

弦次郎　横溝様、御免！

弦次郎が男を斬る。男はよろめき、弦次郎に向かって、「弦次郎！」と叫ぶ。が、弦次郎はさらにもう一度斬る。男が倒れる。弦次郎が男に近づく。息のないことを確かめて、頭巾を取る。

弦次郎　英之助……。

頭巾の下から現れたのは、英之助の顔だった。

弦次郎　英之助！　英之助！　なぜだ。なぜおまえが……。

弦次郎の背後に、鏡吾がやってくる。鏡吾は刀を抜いている。

弦次郎　頼む、答えてくれ。英之助！

鏡吾が弦次郎に斬りかかる。弦次郎は斬られる寸前に振り向き、鏡吾の刀をかわす。

弦次郎　鏡吾、俺だ。弦次郎だ。おまえが合図したから、俺は――

鏡吾が弦次郎に斬りかかる。弦次郎は左肩を斬られ、膝をつく。

弦次郎　おまえか。おまえが仕組んだのか。

鏡吾が弦次郎に斬りかかる。激しい斬り合い。弦次郎が鏡吾の額を斬る。弦次郎が走り去る。鏡吾は後を追おうとするが、額を押さえて立ち止まる。英之助に近寄る。息のないことを確かめて、落ちていた頭巾を拾い上げる。反対側へ走り去る。

9

慶応四年二月二十日夜。江戸赤坂、池波道場の廊下。
美緒・弦次郎がやってくる。美緒は手燭を持っている。弦次郎がよろめき、跪く。

美緒　弦次郎様。（と歩み寄る）
弦次郎　ちょっと足がもつれただけです。新橋からここまで、駆け通しだったので。
美緒　すぐに手当てをしますから。

美緒が走り去る。弦次郎は振り向いて、表の気配をうかがう。
江戸新橋、料亭の前。
英之助が倒れている。そこへ、鏡吾・隼助・三郎太・虎太郎がやってくる。

隼助　英之助さん。
三郎太　英之助さん！　英之助さん！
虎太郎　なぜだ。なぜこんなことに。

鏡吾　話は後だ。急いで、藩邸へ運ぼう。

鏡吾・隼助・三郎太・虎太郎が英之助を抱える。去る。

江戸赤坂、池波道場の廊下。

弦次郎が表の気配を窺っている。そこへ、帆平・美緒がやってくる。帆平は手燭を、美緒は焼酎瓶と布を持っている。

帆平　（弦次郎の腕をつかんで）突っ立ってないで、そこに座れ。

弦次郎　こんな夜中にすみません。（と座る）

帆平　いいから、傷を見せてみろ。（と弦次郎の傷を見て）大分やられたな。しかし、骨までは達してない。美緒、手当てをしてやれ。

美緒　はい。（と手当てを始める）

帆平　弦次郎、書くものを貸せ。（と書く仕種をする）

弦次郎　（紙と筆を帆平に渡す）

帆平　夜盗にでも襲われたのか。（と書く）

弦次郎　（読んで）いいえ。

帆平　誰かと果たし合いでもしたのか。（と書く）

弦次郎　（読んで）いいえ。

帆平　それなら、一体何があった。正直に話してみろ。（と書く）

弦次郎　（読んで）私にもよくわからないのです。なぜこんなことになったのか。
帆平　（弦次郎の腕をつかんで）おい、弦次郎。
美緒　やめてください、兄上。
帆平　おまえは口を出すな。
美緒　いいじゃないですか、無理に聞かなくても。
帆平　何を言ってる。こいつは喧嘩をしてきたんじゃない。誰かと斬り合いをしてきたんだぞ。

帆平が弦次郎の刀を鞘から抜く。

帆平　（弦次郎に）これは誰の血だ。おまえは誰を斬ってきた。
弦次郎　……。
帆平　答えろ。俺が教えた剣で、誰を斬ってきた。
美緒　兄上。
弦次郎　英之助です。
帆平　……。
弦次郎　私は英之助を殺しました。
美緒　嘘でしょう？　嘘だと言ってください。
帆平　美緒、手当てを続けろ。
美緒　でも。

帆平　いいから早く。（弦次郎に）なぜ英之助を斬った。（と書く）
弦次郎　（読んで）私は今夜、横溝様を襲うつもりでした。しかし、やってきたのは英之助だった。
帆平　じゃ、その傷は英之助にやられたのか。（と書く）
弦次郎　（読んで）いいえ。鏡吾です。
帆平　横溝を襲おうとしたおまえが、なぜ英之助や鏡吾と斬り合いをした。仲間割れか。（と書く）
弦次郎　（読んで）言えません。言えば、先生まで巻き込むことになってしまう。
美緒　兄上。終わりました。
弦次郎　ありがとうございました。

帆平が弦次郎に刀を渡す。弦次郎は受け取って、鞘に納める。

美緒　（帆平に）動けば、すぐに傷口が開いてしまいます。急いでお医者様へ行かないと。
帆平　明日の朝一番に連れていく。（弦次郎に）話の続きはまた後だ。今夜はもう寝ろ。（と書く）
弦次郎　（読んで）いいえ。これ以上、先生にご迷惑をかけるわけには行きません。（と歩き出す）
帆平　どこへ行く。藩邸へ戻るのか。（と書く）
弦次郎　（読んで）私は英之助を殺しました。初音さんに合わせる顔がありません。
帆平　しかし、他に行く場所があるのか。（と書く）
弦次郎　（読んで）ここにいたら、鏡吾が来るかもしれません。来たら、また斬り合いになります。
帆平　その時はその時だ。とにかく、今夜はここにいろ。

弦次郎　しかし――
美緒　（弦次郎の腕をつかんで）行かないでください。お願いします。
弦次郎　美緒さん。
帆平　さっき、おまえはこう言ったな？　英之助だとは知らずに斬ったと。だったら、そのことを初音に言え。言わなければ、おまえは英之助の仇になる。（と書く）
弦次郎　（読んで）私が仇に？
帆平　それがいやなら、藩邸に戻るしかない。しばらく横になって、考えてみろ。（と書く）
弦次郎　（読んで）先生、お願いがあります。
帆平　何だ。
弦次郎　私は今から手紙を書きます。その手紙を初音さんに渡していただけませんか。
帆平　書いたら寝ると約束するか。（と書く）
弦次郎　（読んで）はい。
帆平　わかった。約束しよう。美緒、こいつを奥の部屋へ連れていけ。
美緒　弦次郎様、こちらへ。（と歩き出す）
帆平　待て、美緒。何かあったら、おまえが弦次郎の耳になるんだ。いいな？
美緒　はい。

美緒・弦次郎が去る。帆平は表の様子を窺う。手燭の火を消して、去る。

10

慶応四年二月二十日夜。江戸本所、上田藩上屋敷の長屋、虎太郎の部屋。
鏡吾がやってくる。額に布を巻いている。そこへ、ふじがやってくる。

ふじ　あれ、他の方々は？
鏡吾　まだ英之助の部屋でしょう。俺は今、山岡様の所へ行ってきたんですが、どうにも頭が痛くて。少し休ませてもらえますか。
ふじ　その傷のせいですね？
鏡吾　ええ。ちょっと斬られただけなのに、お恥ずかしい話です。
ふじ　よし、もう一度、薬を塗りましょう。（と行こうとする）
鏡吾　いや、あの薬はもう結構です。
ふじ　なぜですか？　あの薬は、私の家に古くから伝わる秘伝の薬です。とっても効くんですよ。
鏡吾　しかし、とってもしみるんです。あの薬を塗ってから、かえって痛みがひどくなった気がします。
ふじ　それは、薬が傷と戦ってるからですよ。急いで援軍を送ってあげましょう。

鏡吾　いや、本当に結構です。これ以上、塗られたら、俺は泣いてしまう。

そこへ、隼助・三郎太がやってくる。

隼助　あれ、山岡様の所へ行ったんじゃなかったんですか?
鏡吾　今、戻ってきたところだ。虎太郎はどうした。
隼助　英之助さんの部屋に残してきました。英之助さんを一人にするわけにはいかないので。
三郎太　(鏡吾に)それで、山岡様は何と?
鏡吾　弦次郎を一刻も早く探し出せ、手向かいするようなら斬れと。
隼助　本当ですか?　本当に斬れと仰ったんですか?
鏡吾　国元ならともかく、ここは江戸だ。騒ぎになる前に片を付けないと、上田藩の名を汚すことになる。
隼助　しかし、弦次郎さんにだって、何か事情があったのかもしれない。それを調べもせずに斬るなんて。
三郎太　あの人は我々を裏切ったんです。それしか考えられません。
鏡吾　残念だが、三郎太の言う通りだ。あいつは横溝様と通じてたんだ。俺たちの計画を利用して、逆に俺たちを殺そうとしたんだ。
ふじ　お二人が死んだら、次は隼助殿や三郎太殿の番だったのでしょうか。そして、最後は虎太郎殿も。

鏡吾　おそらく、そうでしょう。
隼助　そんなバカな。
三郎太　なぜあの人の肩を持つんです。隼助さんもあの人の仲間ですか。
隼助　ちょっと待ってくれよ。
三郎太　あまり庇い立てをすると、疑われても仕方ありませんよ。
隼助　じゃ、聞くが、我々を裏切って、弦次郎さんに何の得があるって言うんだ。
三郎太　知るものですか。
ふじ　（鏡吾に）弦次郎殿に聞いてみましたか？　なぜ英之助殿を斬ったのか。
鏡吾　聞けるはずがないでしょう。あいつは問答無用で斬りかかってきたんですよ。それに、聞いたところで、あいつの耳には届かない。
ふじ　そうでしたね。
隼助　私にはいまだに信じられないんです。弦次郎さんが英之助さんを斬るなんて。
鏡吾　こうは考えられないか。あいつが御役御免にならなかったのは、この時のためだったと。
ふじ　どういうことですか？
鏡吾　あいつの耳が聞こえなくなったのは、あいつ自身の責任です。それで、御役御免になっても、文句は言えなかった。が、あいつは御馬組に移されるだけで済んだ。横溝様のおかげで。
三郎太　そうか。あの人は横溝様と取り引きしたんですね？　藩に残してもらうかわりに、横溝様に従うと。
鏡吾　だから、最初に俺が横溝様を斬ろうと言った時、あいつは強く反対したんだ。それでも止

三郎太　められないと知って、今度は自分が斬り役をやると言い出した。あの人は、自分の身を守るために、私たちを売ったんだ。間違いない。

隼助　しかし、弦次郎さんと英之助さんは子供の頃からの親友だぞ。いくら自分の身を守るためだって、いきなり斬ったりするか?

そこへ、虎太郎・初音がやってくる。

虎太郎　鏡吾さん、初音さんをお連れしました。

三郎太　姉上、英之助さんにはもう会ってきましたか。

初音　ええ。

虎太郎　(鏡吾に) 英之助さんが亡くなった時の様子を詳しく聞きたいそうです。鏡吾さんの口から、直に。

鏡吾　(初音に) 申し訳ありませんでした。俺がついていながら、こんなことになってしまって。

初音　あなたのせいじゃありません。

鏡吾　俺が死ねば良かったんです。英之助じゃなくて、俺が。

ふじ　やめてください、鏡吾殿。亡くなったのがあなただったとしても、私たちの悲しみは変わりません。

初音　(鏡吾に) あなたは弦次郎さんが英之助さんを斬るところを見たのですか?

鏡吾　俺たちは、横溝様を斬るために、新橋の料亭へ行ったんです。俺は見張り役だったので、

初音　入口の近くに隠れました。斬り役の弦次郎は通りの角に、英之助はさらに次の角に隠れました。英之助は、弦次郎が失敗した時の助け役だったんです。待ち伏せを始めてから、半刻ほど経った頃でしょうか。突然、遠くから叫び声が聞こえたんです。英之助の声でした。俺はすぐに走りました。弦次郎がいるはずの角には、誰もいませんでした。さらに次の角まで走ると、二人の男が斬り合いをしていました。と言っても、片方はすぐに倒れました。倒れたのは英之助でした。

鏡吾　それで、今度は鏡吾さんに斬りかかってきたんですか？

虎太郎　ええ。

三郎太　もしかすると、弦次郎さんは英之助さんだけを斬るつもりだったのかもしれませんね。鏡吾さんに斬りかかってきたのは、英之助さんを斬るところを見られたから。

隼助　そうか。簡単なことじゃないか。

三郎太　何言ってるんだ、おまえ。

隼助　わかったんですよ、あの人が英之助さんを斬った理由が。

三郎太　え？

初音　姉上ですよ。あの人は姉上が好きだったんです。姉上が英之助さんと一緒になると聞いて、嫉妬に狂ったんですよ。

三郎太　そんなことはありえません。私に英之助さんと一緒になれと言ったのは、弦次郎さんなんですよ。

そんなの、口だけに決まってる。鏡吾さん、急いで後を追いかけましょう。

虎太郎　しかし、どこへ。
三郎太　あの人が立ち回りそうな場所を、片っ端から探すんだ。馴染みの料理屋とか、昔通っていた蘭学塾とか。
鏡吾　弦次郎は新橋から西の方角へ逃げた。
三郎太　西っていうと、愛宕山、虎の門、六本木、赤坂——
虎太郎　そうか、池波道場ですよ。
三郎太　なぜすぐに気づかなかったんだ。鏡吾さん、行きましょう。
虎太郎　隼助さん、あなたも行きますよね？
隼助　ああ。
初音　私も行きます。
ふじ　何を仰るんです。あなたは英之助殿のお側にいてあげてください。
虎太郎　うるさい。女子《おなご》は口を出すな。
ふじ　初音さんだって女子です。
虎太郎　斬られたのが俺だったらどうする。おまえはじっとしていられるか。
初音　（ふじに）私のかわりに、英之助さんの側にいてあげてください。お願いします。
ふじ　わかりました。でも、くれぐれも気をつけてくださいね。
三郎太　行きましょう、姉上。

鏡吾・隼助・三郎太・虎太郎・初音が去る。反対側へ、ふじが去る。

11

慶応四年三月一日昼。武蔵国中野村、海音寺の一室。
弦次郎がやってくる。懐から手紙を取り出して、読む。

弦次郎「池波初音様。私は今、中野村にある、小さな禅寺にいます。道場を出た後、真っ直ぐここへ向かったのです。一晩泊めてもらうだけのつもりだったのですが、着いた途端に熱が出て、結局、十日も寝込むことになってしまいました。そうです。私が英之助を斬った日から、十日が経ちました。鏡吾を憎んでいないと言ったら、嘘になります。が、今は、鏡吾には鏡吾なりのトゥルースがあったのかもしれないと考えています。随分長い手紙になってしまいました。が、真実だけを書いたつもりです。たとえ信じてもらえなくても、これが私のトゥルースです。ただ一つ、悔やまれるのはこの耳です。この耳さえ聞こえれば、私は英之助を斬らずに済んだ。あの時、英之助は私の名前を呼んだはずだから。その声だけは、どうしても聞きたかった」

そこへ、美緒がやってくる。

美緒　弦次郎様。（歩み寄って）弦次郎様。（と弦次郎の腕をつかむ）
弦次郎　美緒さんでしたか。全く気がつきませんでした。（と紙と筆を差し出す）
美緒　（受け取って）いつもはすぐに気がつくのに。（と書く）
弦次郎　（読んで）手紙が書き上がって、気が緩んでいたんでしょう。それより、私に何か用ですか？
美緒　大した用じゃないんです。ただ、庭の杏が咲いたので。（と書く）
弦次郎　（読んで）杏ですか。懐かしいですね。上田でもたくさん咲いていました。
美緒　私、上田に行ったことがないんです。（と書く）
弦次郎　（読んで）そうですか。いつか、杏の季節に行ってみるといい。上田の北の方へ行けば、一面の杏畑が見られます。
美緒　ここは一本だけです。（と書く）
弦次郎　（読んで）一本でも、杏は杏です。
美緒　一緒に見に行きましょう。（と弦次郎の手を引っ張る）
弦次郎　美緒さん。
美緒　はい。
弦次郎　私は今夜、ここを出るつもりです。熱も下がったことですし。
美緒　どこへ。（と書く）
弦次郎　（読んで）やはり、上田に向かおうと思います。心配しないでください。もう死ぬつもり

美緒　はありませんから。
弦次郎　私も連れていってください。（と書く）
美緒　（読んで）そういうわけには行きません。途中で何があるかわからないし。
弦次郎　だから、行きたいんです。（と書く）
美緒　駄目です。あなたは道場に帰ってください。
弦次郎　でも、兄上が弦次郎様の耳になれって。（と書く）
美緒　（読んで）お気持ちはとてもありがたい。しかし、これ以上、あなたに甘えたくないんです。今まで、本当にお世話になりました。
弦次郎　もう、私にできることはないんですか。（と書く）
美緒　（読んで）ありますよ、一つだけ。
弦次郎　何ですか？　何でも言ってください。
美緒　この手紙を、初音さんに渡してほしいんです。（と差し出す）
弦次郎　（受け取って）初音さんに？
美緒　いつでもいいんです。ただし、誰にも見つからないようにしてください。
弦次郎　わかりました。（と頷く）
美緒　ありがとうございます。
弦次郎　今から行ってきます。（と書く）
美緒　（読んで）え？
弦次郎　必ず返事をもらってきます。それまでここにいてください。（と書く）

弦次郎　（読んで）そんなの無茶だ。
美緒　絶対に帰ってきます。だから、待っていてください。（と書く）

美緒が紙と筆を弦次郎に押しつけて、走り去る。

弦次郎　美緒さん！（読んで）「絶対に帰ってきます。だから、待っていてください」

そこへ、英之助がやってくる。剣道着を着て、木剣を二本持っている。

英之助　弦次郎。待たせて悪かったな。ほら。（と木剣を差し出す）
弦次郎　……英之助。
英之助　どうした。あまり顔色が良くないぞ。
弦次郎　いや、大丈夫だ。（と紙を懐に入れる）
英之助　最近、あまり寝てないいんだろう？　旅の支度やら何やらで。
弦次郎　余計な心配はするな。稽古をつけてくれと頼んだのは、俺だ。
英之助　そこまで言うなら、仕方ない。俺を鏡吾だと思って、存分にかかってこい。
弦次郎　わかった。

英之助が弦次郎に木剣を渡す。二人が向かい合い、木剣を構える。稽古を始める。二人は互いに木剣で撃ち合うが、相手の体には当てない。当たる直前で木剣を止める。英之助が何度か続けて勝つ。が、ついに弦次郎が勝つ。と、英之助が変則的な構えをする。弦次郎が戸惑う。英之助が撃ち込む。弦次郎が倒れる。

弦次郎　今のは何だ。うちの流派に、そんな型があったか？

英之助　近頃、鏡吾が編み出した剣だ。本人は不知火《しらぬい》と呼んでいるが。

弦次郎　何が不知火だ。格好つけやがって。

英之助　あいつの家は貧しいからな。子供の頃は、道場へ通わずに、一人で修行してたんだ。そのせいか、すぐに勝手な技を作る。

弦次郎　しかし、今のは初めて見た。

英之助　おまえの前ではやらないようにしてるんだろう。大坂に行ってる間に、返し技を考えておけ。さもないと、次の試験の時に痛い目に遇うぞ。

弦次郎　おまえだったら、どうやって返す。

英之助　人に頼るな。自分で考えるのも、稽古のうちだ。

弦次郎　しかし、近頃はいくら稽古しても、なかなか強くならない。このままでは、鏡吾に抜かれてしまう。

英之助　鏡吾に抜かれることより、俺を抜かすことを考えろ。

弦次郎　冗談じゃない。おまえと俺とでは、素質が違う。おまえに勝つためには、剣を二本持たなければ無理だ。待てよ。

英之助　どうした。
弦次郎　二刀流なら、返せるんじゃないか？　今の鏡吾の技。
英之助　なるほど、そういう手もあるな。やっぱり、おまえは頭がいい。俺と比べたら、天と地だ。
弦次郎　しかし、足はおまえの方が速いぞ。
英之助　そのかわり、泳ぎはおまえの方が速い。
弦次郎　しかし、蕎麦の早食いなら、おまえの勝ちだ。
英之助　そのかわり、酒はおまえの方が飲める。あんみつなら、俺が楽勝だが。
弦次郎　いい年をして、何を言ってるんだ、俺たちは。こんな調子だから、いつまで経っても独り者なんだ。
英之助　俺はまだ嫁はいらん。自分のことより、この国のことで、頭がいっぱいだ。
弦次郎　本当か？
英之助　そういうおまえはどうなんだ。誰か心に決めた人はいるのか。
弦次郎　いない。おまえは。
英之助　おまえにいないんだ。俺にいるわけないだろう。
弦次郎　しかし、この前、隼助が言ってたぞ。英之助さんは初音さんと話をする時、いつも声が一段高くなりますねって。
英之助　そんなことはない。そういうおまえだって、初音さんが稽古に来ると、いつもニヤケ面になるじゃないか。
弦次郎　俺はもともと明るい男だ。初音さんが来ようが来まいが、いつもニコニコしている。

英之助　もう、いい。この話はこれでおしまいにしよう。初音さんは、誰か心に決めた人がいるのかな。
弦次郎　いたらどうする。
英之助　どうもしない。池波家は、代々、藩の剣術指南役だ。俺の家とは格が違う。おまえの家なら、ちょうど釣り合うが。
弦次郎　しかし、おまえの頭なら、出世は間違いなしだ。初音さんのお父上だって、文句は言うまい。
英之助　それは、大坂から無事に帰ってこられたらの話だ。
弦次郎　帰ってこいよ。必ず。
英之助　ああ。
弦次郎　……

そこへ、初音がやってくる。剣道着を着て、木剣を持っている。

初音　おはようございます。こんなに早くから稽古ですか？
弦次郎　ええ。英之助に見てもらいたい所があって。でも、もう終わりました。
初音　そうですか。じゃ、どちらか、相手をしてもらえませんか。
英之助　よし、私がやりましょう。
弦次郎　英之助、声が一段高くなってるぞ。
英之助　おまえこそ、またニヤケ面になってるぞ。
初音　お二人とも、何を言ってるんですか？

英之助　いや、何でもありません。
初音　で、稽古はどちらがつけてくださいますか？
英之助　だから、私が……。駄目だ。どうしても高い声しか出ない。弦次郎、今日のところは俺の負けだ。

英之助が走り去る。

初音　どうしたんでしょう、英之助さん。
弦次郎　知りませんでしたか？　あれが、あいつの本当の声なんです。普段はカッコつけて、低音で喋ってますが。
初音　知らなかった。そんなことより、大坂へは、いつご出発ですか？
弦次郎　明日、藩から旅費が出るので、明後日。
初音　今度の戦は長引くかもしれないと聞きました。くれぐれもお気をつけて。
弦次郎　初音さん、一つお聞きしてもいいですか。
初音　何ですか、改まって。
弦次郎　もし、二人の男から、同時に嫁になってくれと言われたらどうしますか。二人とも、同じぐらいあなたを思っているとしたら。
初音　……。
弦次郎　すみません、今の話は忘れてください。

初音　わかりました。忘れます。
弦次郎　しかし、無事に帰ってきたら、また同じことを聞くかもしれません。
初音　……。
弦次郎　絶対に帰ってきます。だから、待っていてください。
初音　待っています。だから、絶対に帰ってきてください。
弦次郎　はい。
初音　じゃ、道場へ行きましょう。

初音が去る。弦次郎が懐から紙を取り出して、読む。

弦次郎　「絶対に帰ってきます。だから、待っていてください」

反対側へ、弦次郎が去る。

12

慶応四年三月一日昼。江戸本所、上田藩上屋敷の執務室。
鏡吾がやってくる。額に布を巻いている。座る。反対側から、山岡がやってくる。

山岡　その傷はまだ治らないのか。（と座る）
鏡吾　痛みはもうありません。ただ、傷口が膿んでしまって。
山岡　医者には行かなかったのか。
鏡吾　行く暇がなかったので、虎太郎の奥方に薬を塗ってもらいました。おそらく、その薬が悪かったんです。
山岡　それなら、わしの薬を使え。わしの家に古くから伝わる秘伝の薬だ。
鏡吾　いいえ、結構です。山岡様の薬など、もったいなくて使えません。
山岡　遠慮することはない。よし、わしが塗ってやろう。（と行こうとする）
鏡吾　それだけはご勘弁を。（と頭を下げる）
山岡　何だか、わしがおぬしを苛めているようではないか。もう良い。で、弦次郎はまだ見つからないのか。

鏡吾　申し訳ありません。心当たりの場所は隈なく探したのですが。
山岡　奴は池波の妹と一緒だったな？　妹は戻ってきてないのか。
鏡吾　はい。そのことから見ても、弦次郎は池波先生の知人の所に隠れていると思われます。しかし、先生にお聞きしても、知らないの一点張りで。
山岡　おぬしたちは我が藩を代表して、弦次郎を追っているんだぞ。そのことは伝えたのか。
鏡吾　もちろんです。しかし、先生は我が藩を出た方ですから、無理強いはできません。
山岡　池波は、おぬしがやったことは知らないんだな？
鏡吾　知っていれば、黙っているはずがありません。理由はわかりませんが、弦次郎は何も話さなかったようです。
山岡　話しても信じないと思ったのだろう。しかし、このまま弦次郎を生かしておいたら、いつかは事が露見する。こんな所でぐずぐずしていないで、すぐに探しに行け。
鏡吾　その前に、お聞きしたいことがあります。
山岡　何だ。
鏡吾　鎮撫軍が国元に到着したというのは本当ですか。
山岡　耳が早いな。今度はどこで立ち聞きしたんだ。
鏡吾　では、本当なのですね？
山岡　いきなり上田に来たわけではない。鎮撫軍は今、下諏訪に陣を敷いている。指揮を執っているのは土佐藩の板垣退助という男で、その板垣から使いが来たのだ。殿を下諏訪まで寄越せとな。

鏡吾　では、殿は江戸を？

山岡　まさか。横溝様は、代わりの者を行かせろというご意見だ。板垣ごときに、殿がわざわざお会いになることはない。

鏡吾　しかし、それでは桑名藩の二の舞になりませんか。桑名藩は、藩主殿がご不在の間に降伏してしまったとか。

山岡　心配するな。さすがの横溝様も、鎮撫軍と戦をする気はない。が、他藩のように安易に恭順すれば、薩長どもに侮られる。藩士を兵として差し出せと言われるだろう。

鏡吾　それでは、横溝様は時機を待っておられるのですか？

山岡　すべては我が藩を守るためだ。決して、自分の地位を守るためではない。

鏡吾　わかりました。私も我が藩を守るために、精一杯働きます。父上の分まで。

山岡　いい心がけだ。横溝様も、おぬしの働きは十分に認めておられる。おぬしが知らせてくれたお蔭で命拾いをした、この礼は必ずする、と仰っていた。貧乏暮らしから抜け出すのも、夢ではないぞ。

鏡吾　恐れ入ります。

山岡　ただし、すべては弦次郎を片付けてからだ。失敗は二度と許さんからな。

鏡吾　はい。

そこへ、隼助がやってくる。

隼助　（鏡吾に）あれ、こんな所で何をしてるんですか？
鏡吾　探索の報告だ。俺たちは藩を代表して、弦次郎を追ってるんだ。上司に報告するのは当然の義務だろう。
隼助　なんだ。言ってくれれば、私がやったのに。
鏡吾　うるさい。さっさと用件を話せ。
山岡　（隼助に）わしはこれから寄り合いに行くんだ。なるべく手短に頼むぞ。
隼助　（座って）実は、山岡様にお聞きしたいことがあるんです。弦次郎さんが御役御免にならずに済んだのはなぜですか？
鏡吾　それは、皆で散々、話をしたじゃないか。
隼助　私は山岡様にお聞きしてるんです。（山岡に）殿のご命令ですか。それとも、横溝様ですか。
山岡　無論、殿だ。あれほど優秀な男を放り出すのは惜しいと仰った。
隼助　本当ですか？
山岡　本当だ。しかし、おぬしはなぜ今さらそんなことを聞く。
隼助　……。
山岡　わしは正直に答えた。おぬしも正直に答えろ。
鏡吾　実は、我々の間で、こんな話が出ているのです。弦次郎は横溝様と取り引きしていたのではないかと。
山岡　取り引きとは？
鏡吾　藩に残してもらうかわりに、横溝様に従う。つまり、英之助を斬ったのは、横溝様の命令

山岡　だったのではないか。我々はそう考えています。
鏡吾　確かに、それで弦次郎のしたことは説明がつく。しかし、あまり軽々しく口にせん方がいいな。横溝様のお耳に入ったら、今度はおぬしたちの命が危ない。
隼助　二度と口にはいたしません。おまえもだぞ、隼助。
鏡吾　いいや、私の考えは、鏡吾さんたちとは少し違います。たとえ取り引きしていたとしても、弦次郎さんが英之助さんを斬るとは思えない。だとしたら、弦次郎さんは知らなかったんじゃないでしょうか。相手が英之助さんだと。
隼助　バカな。そんなことはありえない。
鏡吾　しかし、他には考えられない。弦次郎さんは横溝様に騙されたんです。
隼助　冷静になって考えてみろ。いくら夜だったとは言え、弦次郎には英之助の顔が見えたはずだ。それなのに、なぜ斬るのをやめなかった。
鏡吾　そこまではわかりません。（山岡に）何とか、確かめていただけませんか。横溝様が弦次郎さんを騙したかどうか。
隼助　どうやって確かめる。横溝様に直接聞くのか？
山岡　（山岡に）無理を承知でお願いします。私には、山岡様の他に頼れる方がいないんです。
鏡吾　そこまで言うなら、やってみよう。
山岡　山岡様。
（隼助に）もちろん、直接お聞きしても、答えてはくれまい。が、お付きの者に、それとなく聞くことはできる。それで勘弁してくれるか。

隼助　ありがとうございます。
山岡　(立ち上がって) 何かわかったら、すぐに知らせる。とにかく、おぬしたちは一刻も早く、弦次郎を探し出せ。

山岡が去る。

鏡吾　気が済んだか。
隼助　ほんの少しですが。
鏡吾　頼むから、勝手な行動はしないでくれ。英之助も弦次郎もいなくなった今、俺たち四人が力を合わせなくてどうする。
隼助　言われなくても、わかっています。
鏡吾　それならいいんだ。

鏡吾が去る。

13

慶応四年三月一日夕。江戸本所、上田藩上屋敷の長屋、虎太郎の部屋。
隼助が立っている。そこへ、ふじがやってくる。湯飲みを載せた盆を持っている。

ふじ　すみませんね、お待たせして。どうぞ。（と湯飲みを差し出す）
隼助　（受け取って）あ、いただきます。（と飲む）
ふじ　今日も、弦次郎さんを探しに行くんですか？
隼助　ええ。虎太郎と二人で、板橋まで行くつもりです。
ふじ　そんなに遠くまで？　でしたら、出かける前に、腹ごしらえをした方がいいのでは？
隼助　いや、結構です。腹が一杯になると、眠くなるので。
ふじ　そうですか。あれから、皆さんが揃ってお食事をするところを一度も見ていません。お米の減り方が遅くて、淋しいやらうれしいやら。
隼助　淋しいのは、虎太郎が一日中、出かけているからじゃないんですか？
ふじ　いやだ、からかわないでください。（と隼助を叩く）

隼助がふじの手をつかむ。そこへ、虎太郎がやってくる。

虎太郎　楽しそうだな。

ふじ　（隼助を突き飛ばして）お帰りなさいませ。今、虎太郎殿の分も用意してきます。

ふじが去る。虎太郎が隼助を見つめる。

隼助　何だよ、その目は。俺はおまえに誤解されるようなことはしていないぞ。

虎太郎　わかってますよ。鏡吾さんならともかく、ふじが隼助さんを選ぶわけがない。

隼助　さりげなく、酷いことを言うやつだな。

虎太郎　冗談に決まってるじゃないですか。しかし、隼助さんが明るい顔をしているのを、久しぶりに見ました。何かいいことでもあったんですか？

隼助　さっき、山岡様に頼んできたんだ。弦次郎さんが横溝様に騙されていたかどうか、確かめてくれって。

虎太郎　あの話を山岡様にしたんですか？

隼助　悪いか？

虎太郎　正直言って、呆れました。英之助さんだとは知らずに斬ったなんて、どう考えてもありえないのに。

隼助　俺はそうは思わない。

虎太郎　いい加減にしてください。あなたは、弦次郎さんの耳が聞こえなくなったのは、自分のせいだと思っている。弦次郎さんに負い目を感じているから、事実を認められないんです。

そこへ、ふじがやってくる。湯飲みを載せた盆を持っている。

ふじ　お待たせいたしました。（と虎太郎に湯飲みを差し出す）
虎太郎　ああ、すまない。（受け取って）あれ、ちょっと少ないんじゃないか？
ふじ　すみません。お話を聞きながら、つい飲んでしまいました。
虎太郎　立ち聞きしてたのか？

そこへ、三郎太がやってくる。

三郎太　良かった。二人とも、ここにいたんですね。
ふじ　何かあったんですか。
三郎太　尋ね人が、自分の方から尋ねてきたんですよ。

そこへ、鏡吾と美緒がやってくる。

隼助　美緒さん、帰ってきたんですか？

虎太郎　（美緒に）弦次郎さんは？　一緒じゃないんですか？
鏡吾　待て待て。話はこれからじっくり聞かせてもらう。
虎太郎　ふじ、おまえは奥で夕餉の支度をしてきてくれ。
ふじ　いやです。
虎太郎　ふじ。
ふじ　私は美緒さんのお話が聞きたいんです。弦次郎さんがなぜあんなことをしたのか。
鏡吾　美緒さんは知らないそうです。弦次郎が何も言わなかったので。
隼助　（美緒に）なぜ藩邸に来たんです。我々に会うためですか？
三郎太　姉上を訪ねて来たんですよ。出入りの魚屋に頼んで、近くの神社に呼び出そうとしたんです。しかし、姉上はいなかった。代わりに、私と鏡吾さんが神社に行ったというわけです。
虎太郎　（美緒に）初音さんに会って、どうするつもりだったんですか？
美緒　言えません。
虎太郎　弦次郎さんに頼まれたんじゃないんですか？　たとえば、初音さんを連れてきてほしいとか。
美緒　言えません。
虎太郎　答えてくれないと、ここから帰すわけにはいかないんですよ。
隼助　（美緒に）ひょっとして、手紙を持ってきたんじゃないですか？
鏡吾　手紙？
隼助　弦次郎さんは初音さんに手紙を書いていたんです。
三郎太　なぜあなたが知ってるんですか。

隼助　あの夜、道場で拾ったんだ。おまえたちが弦次郎さんと斬り合いをした後。
鏡吾　なぜ今まで黙ってた。その手紙はどこにある。
隼助　初音さんに渡しました。
鏡吾　何だと？
隼助　黙っていたことは謝ります。しかし、私たちが知りたいことは、何も書いてなかったんです。今年の一月から二月十三日までの出来事が、細かく書かれていただけで。
鏡吾　あいつが英之助を斬ったのは、二月二十日だ。続きがあると思っていいんじゃないのか。
三郎太　（美緒に）どうなんです。手紙を持ってるんですか？
鏡吾　聞く必要はない。調べればすぐにわかることだ。（と美緒に近づく）
ふじ　待ってください。（と美緒を庇って）美緒さんは嫁入り前の娘ですよ。
鏡吾　そんなことを言っている場合じゃないんです。そこをどいてください。
ふじ　どうしてもと仰るなら、私がやります。
虎太郎　ふじ。
ふじ　女子《おなご》を調べるのは、女子の仕事です。いいから、私に任せてください。（美緒に）さあ、奥の部屋へ。

ふじが美緒を連れて去る。

隼助　（鏡吾に）手荒な真似はしないでくださいよ。美緒さんは先生の大事な妹さんなんですから。

三郎太　私たちのやり方が気に入らないなら、一人で調べればいいじゃないですか。
隼助　俺に出ていけと言うのか？
三郎太　あなたは最初から、弦次郎さんの味方だった。いざという時、裏切られたら、困りますからね。
鏡吾　待て、三郎太。こんな時に、仲間割れするようなことを言うな。
三郎太　しかし――
鏡吾　隼助だってバカじゃない。どんな事情があったにせよ、弦次郎が英之助を殺したことは間違いない。俺たちは英之助の仇を取らなければならないんだ。
隼助　それはそうかもしれませんが。
鏡吾　それがいやなら、この役目からは外れてもらう。今から山岡様の所へ行って、やめると言ってこい。

ふじ・美緒が戻ってくる。

ふじ　お待たせいたしました。
虎太郎　やけに早かったな。ちゃんと調べてきたのか？
ふじ　ええ。でも、何も持ってませんでしたよ。
三郎太　本当ですか？
ふじ　私も武士の妻です。嘘は申しません。

虎太郎　（美緒に）じゃ、やっぱり、初音さんを迎えに来たんですか？
美緒　そうです。弦次郎様が、一目だけでも会いたいと仰ったので。
三郎太　女々しい人だ。姉上を行かせてたまるか。
隼助　（鏡吾に）もしかして、弦次郎さんは死ぬつもりじゃないですか？　死ぬ前に、初音さんに会いたいのでは。
三郎太　冗談じゃない。切腹なんか許しません。我々の手で斬られるべきです。
虎太郎　美緒さん、お願いします。弦次郎さんの居場所を教えてください。
ふじ　斬りに行くとわかってて、教えるわけがないでしょう。
鏡吾　（美緒に）我々が理由も聞かずに、弦次郎を斬ると思いますか。
美緒　十日前はそうでした。
鏡吾　あの時は、頭に血が昇ってたんです。英之助が斬られたのを見た直後でしたから。しかし、今は違う。我々は本当のことが知りたいんです。
三郎太　そんな手ぬるいことを言ってる場合ですか？
鏡吾　落ち着け。ちゃんと理由を聞けば、隼助も納得できる。そうだな、隼助？
隼助　ええ。
鏡吾　（美緒に）弦次郎に会わせてください。斬るかどうかは、話を聞いてから決めます。あなただって、本当のことが知りたいでしょう？
美緒　それはそうですけど。
鏡吾　弦次郎だって、本当は我々に話したいはずです。このままでは、英之助が浮かばれません。

美緒　話を聞くまで斬らないと誓ってくださいますか？

鏡吾　誓います。歴とした理由があったら、藩邸へ連れていって、裁きを受けさせます。とにかく、腹を切られてからでは遅いんです。

美緒　わかりました。ご案内します。

鏡吾　ありがとうございます。急ぎましょう。

ふじ　皆さん、気をつけてくださいね。

鏡吾・隼助・三郎太・虎太郎・美緒が去る。反対側へ、ふじが去る。

14

慶応四年三月一日夕。江戸赤坂、池波道場の玄関。
初音がやってくる。剣道着を着て、竹刀を持っている。立ち止まり、額に手を当てる。後から、帆平がやってくる。剣道着を着て、濡れた手拭いを持っている。

帆平　初音、大丈夫か？
初音　平気です、これぐらい。唾でもつけとけば治ります。
帆平　駄目だ、ちゃんと冷やさないと。いいから、じっとしてろ。（と手拭いを初音の額に当てて）おかしい。前にも同じことがあったような気がする。
初音　そう言えば、私も。
帆平　今日のおまえは隙だらけだな。そんな調子じゃ、美緒にだって勝てないぞ。
初音　すみません。なかなか集中できなくて。
帆平　弦次郎のことが心配なんだろう。稽古はもうやめにしたらどうだ。
初音　でも、一人でいると、良くないことまで考えてしまって。
帆平　弦次郎に何かあったら、美緒から報せが来るはずだ。報せが来ないということは、何とか

初音　無事にやっているということさ。
帆平　それじゃ、やっぱり帆平さんは知ってるんですね？　弦次郎さんかどこにいるのか。なぜ私に教えてくれないんです。
初音　教えてどうなる。会いにでも行くのか。
帆平　もちろんです。
初音　しかし、弦次郎が会おうとするかな。あいつは十日前のあの夜、おまえに合わせる顔がないと言っていた。
初音　でも、弦次郎さんは私に手紙を書いてくれました。まだ途中でしたけど、隼助さんが拾って、届けてくれたんです。あの人は私に何かを伝えたいんです。
帆平　初音、正直に言え。おまえは今でも弦次郎が好きか。
初音　なぜそんなことを聞くんです。
帆平　弦次郎はおまえの許嫁を殺した。それでもまだ好きか。
初音　……好きです。それがどんなに間違ったことか、私にはよくわかっているつもりです。私はあの人を憎むべきだ、殺したいと思うべきだと、何度も自分に言い聞かせました。でも、駄目なんです。私はあの人に会いたい。今すぐにでも会いたいんです。
帆平　会ってどうする。なぜ英之助を斬ったか、聞くつもりか。
初音　そのことはこの十日間、ずっと考えてきました。でも、どうしてもわからなかった。それでやっと気づいたんです。わからないのは、答えがないからだって。あの人には英之助さんを斬る理由など何もない。あの人は英之助を斬るつもりなどなかったんです。

帆平　しかし、弦次郎は自分が斬ったと認めたんだろう。
初音　それでも、私は弦次郎さんを信じます。私は弦次郎さんに会って、このことが言いたいんです。私はあなたを信じていますと。

そこへ、ふじがやってくる。息を切らしている。

ふじ　初音さん、やっぱりここにいたんですね。
帆平　(初音に) 知り合いか?
初音　虎太郎さんの奥方です。
ふじ　(帆平に) ふじと申します。いつも虎太郎殿がお世話になっています。
帆平　いやいや、こちらこそ。
ふじ　で、あなたは?
初音　私の従兄で、この道場の師範をしている、池波帆平さんです。
ふじ　(帆平に) じゃ、あなたがトゥルース?
帆平　ノーノー、(口を大きく開けて、ゆっくりと) TRUTH。
初音　(ふじに) それで、私に何か急用ですか?
ふじ　ええ。その前に、お水を一杯、いただけませんか。こんなに走ったのは、生まれて初めてなんです。
帆平　今、持ってきます。

帆平が去る。

ふじ　（懐から手紙を出して）これ、弦次郎殿の手紙です。

初音　（受け取って）弦次郎さんが藩邸に来たんですか？

ふじ　いえいえ、来たのは美緒さんです。鏡吾殿と三郎太殿に捕まって、私の家に連れてこられたんです。隼助殿が手紙を持っているかもしれないと言うので、私は美緒さんを奥の部屋へ連れていきました。すると、いきなり、この手紙を押しつけてきたんです。初音さんに渡してくれ、他の人には絶対に知らせないでくれと。

初音　それで、美緒ちゃんはどうなったんですか？

ふじ　鏡吾殿と三郎太殿と隼助殿と虎太郎殿と出かけました。弦次郎殿の所へ。

初音　それはどこです。

ふじ　私は聞いてません。でも、安心してください。鏡吾殿は斬りに行くのではなく、事情を聞きに行くのだと言ってました。

初音　これを読ませてもらってもいいですか。

ふじ　どうぞどうぞ。

初音が手紙を読み始める。そこへ、帆平がやってくる。湯飲みを持っている。

帆平　どうぞ。（とふじに差し出す）

ふじ　（受け取って）すみません。（と飲んで）ああ、おいしい。お水がこんなにおいしいと思ったのは、生まれて初めてです。

帆平　それは水じゃない。酒です。

ふじ　ああ、道理で。え？

帆平　（初音に）おい、その手紙は何だ。

初音　弦次郎さんの手紙です。

帆平　（ふじに）弦次郎が藩邸に来たんですか？

ふじ　いいえ、来たのは美緒さんです。鏡吾殿に捕まって、私の家に連れてこられて、ああ、面倒臭い。詳しいことは、初音さんに聞いてください。（と飲む）

初音　帆平さん、わかりました。

帆平　何が。

初音　鏡吾さんです。英之助さんを斬らせたのは、鏡吾さんだったんです。

ふじ　何ですって？

初音　（手紙を示して）ここに書いてあります。弦次郎さんは鏡吾さんに騙されたんです。英之助さんだとは知らずに斬ったんです。

帆平　なぜだ。

初音　（読んで）理由はわからないそうです。でも、早く行かないと、弦次郎さんが危ない。（ふじに）鏡吾さんは弦次郎さんの所へ向かったんですよね？

ふじ　そうです。でも、鏡吾殿が嘘をついていたなんて。
帆平　鏡吾が出発したのはいつですか。
ふじ　私がここに来る直前です。
帆平　（初音に）弦次郎がいるのは、中野の海音寺という寺だ。おまえも行くか。
初音　当たり前です。
帆平　急ごう。俺は刀を取ってくる。
初音　（ふじに）ありがとうございました。
ふじ　鏡吾殿は弦次郎殿を斬るつもりなのですか？　まさか、虎太郎殿まで？
帆平　あなたは心配しないで、藩邸で待っていてください。いや、その前に駕籠を呼んできてくれませんか。（とふじの手から湯飲みを取る）
ふじ　わかりました。（外に向かって）駕籠！

ふじが去る。反対側へ、帆平と初音が去る。

15

慶応四年三月一日夜。武蔵国中野村、海音寺の一室。
弦次郎がやってくる。座る。懐から紙と筆を取り出し、何かを書き始める。そこへ、美緒がやってくる。

美緒　弦次郎様。
弦次郎　（振り向いて）良かった、無事でしたか。
美緒　何を書いていたんですか？（と紙を指さす）
弦次郎　和尚さんに、お礼の手紙を。今夜は隣村へお出かけで、朝まで帰らないそうなんです。だから、今のうちにと思って。
美緒　書くものを貸してください。（と書く仕種をする）
弦次郎　じゃ、これを。（と紙と筆を差し出して）気にしないでください。まだ書き始めたばかりですから。
美緒　（受け取って）お客様をお連れしました。（と書く）
弦次郎　（読んで）私にですか？　一体誰です。まさか、初音さんですか？

美緒　いいえ。（と首を横に振る）

そこへ、鏡吾・隼助・三郎太・虎太郎がやってくる。

鏡吾　やっと会えたな、弦次郎。

弦次郎　鏡吾！

弦次郎が立ち上がり、柄に手をかける。三郎太も柄に手をかける。

隼助　やめろ、三郎太。

美緒　（弦次郎に）大丈夫です。この人たちは話し合いに来たんですから。（と書く）

弦次郎　（読んで、鏡吾に）話し合いだと？

美緒　（鏡吾に）そうですよね？　私に言いましたよね？　斬るかどうかは、話を聞いてから決めるって。

隼助　皆、刀を置こう。そうじゃないと、落ち着いて話ができない。

美緒　（弦次郎に）刀を置いてください。（と書く）

弦次郎　（読んで）しかし――

鏡吾　話をする気はないってことか。美緒さん、そこをどいてください。

鏡吾が弦次郎に近づく。弦次郎が美緒を突き飛ばして、刀を抜く。鏡吾・三郎太・虎太郎も刀を抜く。
隼助は呆然としている。

弦次郎　(美緒に)逃げてください。早く!
美緒　でも——
弦次郎　鏡吾が、私に話をさせるはずがないんだ。
鏡吾　ほざくな!

鏡吾が弦次郎に斬りかかる。弦次郎がかわす。三郎太が弦次郎に斬りかかる。弦次郎がかわす。虎太郎が弦次郎に斬りかかろうとする。隼助が刀を抜いて、行く手を塞ぐ。

鏡吾　(隼助に)何のつもりだ。
隼助　約束が違うじゃないですか。斬る前に、話を聞くんじゃなかったんですか?
三郎太　先に抜いたのは弦次郎さんですよ。
隼助　いきなり囲まれて、抜くなと言う方が無理だ。
三郎太　あなたの屁理屈は聞き飽きた。その人の仲間なら仲間だと、はっきり認めたらどうです。
弦次郎　隼助、そこをどけ。おまえまで斬られるぞ。
隼助　話してください。英之助さんを斬った理由を。
鏡吾　無駄だ。そいつには届かない。

鏡吾が弦次郎に斬りかかる。隼助が受けるが、腕を斬られて、倒れる。

美緒 隼助様！（と駆け寄る）

弦次郎 （鏡吾に）貴様！

弦次郎が鏡吾に斬りかかる。鏡吾がかわす。三郎太が弦次郎に斬りかかる。弦次郎がかわす。鏡吾が隼助に近づく。美緒が隼助の小刀を抜いて構える。

鏡吾 虎太郎、なぜ手を出さない。おまえも弦次郎の仲間か。

虎太郎 そんな。私は——

そこへ、初音・帆平が飛び込む。

帆平 鏡吾、刀を引け。

美緒 兄上！

帆平 （鏡吾に）引けと言うのが聞こえないのか。それとも、皆殺しにするつもりか。

鏡吾 何を言ってるんですか。

初音 （懐から手紙を出して）この手紙に書いてありました。英之助さんを斬らせたのは、あなただと。

虎太郎 手紙って？

初音 弦次郎さんの手紙です。ふじさんが私に届けてくれました。

虎太郎 美緒さん、あなた、やっぱり、手紙を持ってたんですか？

美緒 嘘をついて、すみませんでした。でも、弦次郎様に、誰にも見つからないようにと言われたので。

隼助 （初音に）その手紙には、鏡吾さんに騙されたと書いてあったんですか？

初音 そうです。

三郎太 バカバカしい。なぜ鏡吾さんが英之助さんを斬らなければいけないんです。

帆平 それは、本人に聞いてみたらどうだ。

鏡吾 嘘ですよ。弦次郎が書いたことは、全部出鱈目です。

帆平 なぜ出鱈目を書く必要がある。

鏡吾 決まってるじゃないですか。私に罪を押しつけるためですよ。

美緒が鏡吾たちの会話を紙に書いて、弦次郎に見せる。

弦次郎 （読んで）鏡吾、俺は嘘なんか書いてない。初音さんにだけは本当のことを知ってほしかったんだ。

虎太郎 それじゃ、我々を裏切ったのは、鏡吾さんだったんですか？

鏡吾　待てよ。おまえは俺を疑うのか？
虎太郎　鏡吾さんはさっき、私を疑いましたよね？　おまえも弦次郎の仲間かって。でも、私は皆を裏切るような真似はしていません。
隼助　俺だってそうだ。
虎太郎　（鏡吾に）私たちに疑いをかけて、斬るつもりだったんですか？
鏡吾　二人とも、いい加減にしろ。弦次郎は自分の意思で英之助を斬ったんだ。俺に言われて、斬ると思うか？
初音　いいえ、あなたに言われて、斬ったんです。横溝様はこの料亭にいる、出てきたら合図を送る、とあなたが言ったから。
三郎太　それはおかしい。横溝様と英之助さんを見間違うはずがない。
初音　英之助さんは頭巾を被っていたんです。だから、弦次郎さんは横溝様だと思い込んでしまったんです。
三郎太　嘘だ。頭巾なんか、どこにもなかった。
帆平　もちろん、鏡吾が持ち去ったんだ。そうだな、鏡吾？
鏡吾　違います。
帆平　あくまでも弦次郎のせいにするつもりか。
鏡吾　よく考えてください。弦次郎は、英之助を斬るかわりに、御馬組の仕事を手に入れましたよね？　もし俺が騙したなら、何かを手に入れるはずだ。しかし、今でも貧乏侍のままじゃないですか。

帆平　褒美をもらうのは、弦次郎を始末してからだろう。違うか。
鏡吾　違う。俺は騙してなどいない。
虎太郎　私は弦次郎さんを信じます。
鏡吾　虎太郎。
虎太郎　お願いします。本当のことを話してください。
鏡吾　なぜ俺を信じない。俺の身分のせいか。俺みたいな男は、裏切って当然だと言うのか。
虎太郎　違います。あなたが隼助さんを斬ったからです。
鏡吾　仕方なかったんだ。弦次郎を庇おうとしたから。
帆平　正直に言え。こいつらを裏切って、何を手に入れようとしたんだ。
鏡吾　先生、なぜ俺より弦次郎を信じるんです。
隼助　教えてください。お願いします。
初音　鏡吾さん。
弦次郎　（読んで、鏡吾に）俺は、自分のしたことが許されるとは思っていない。ただ、真実が知りたいだけなんだ。
三郎太　私は騙されませんよ。先生も姉上も、目を覚ましてください。
鏡吾　三郎太、もういい。こうなることはわかっていたんだ。
帆平　やっと認める気になったか。
鏡吾　疑いたければ、疑うがいい。俺は英之助の仇を取るだけだ。

鏡吾が弦次郎に斬りかかる。弦次郎がかわす。三郎太が弦次郎に駆け寄ろうとする。と、帆平が刀を抜いて、行く手を塞ぐ。虎太郎が三郎太に斬りかかろうとする。

帆平　（虎太郎に）やめろ。おまえは手を出すな。

虎太郎　しかし――

帆平　わからないのか。おまえたちが斬り合えば、鏡吾の狙い通りになるぞ。

鏡吾が弦次郎に斬りかかる。弦次郎がかわす。激しい斬り合い。三郎太が帆平に斬りかかる。帆平がかわして、三郎太を突き飛ばす。三郎太が転ぶ。鏡吾が弦次郎に斬りかかる。弦次郎はかわすが、跪く。初音が隼助の大刀を抜いて、鏡吾に斬りかかる。鏡吾がかわして、初音に斬りかかる。初音はかわすが、倒れる。鏡吾が初音に斬りかかる。弦次郎が鏡吾の肩を斬る。鏡吾が倒れる。弦次郎が初音を助け起こす。鏡吾が立ち上がり、背後から弦次郎に斬りかかる。そこへ、英之助が飛び出す。

英之助　弦次郎！

弦次郎が振り向き、鏡吾の刀をかわす。弦次郎が鏡吾に斬りかかる。鏡吾はかわすが、跪く。弦次郎が鏡吾の喉元に刀を突きつける。

弦次郎　英之助。

英之助　（頷く）

虎太郎　どうしたんです、弦次郎さん。
弦次郎　英之助だ。英之助がそこにいる。
鏡吾　何ですって？
隼助　（弦次郎に）どうした。斬らないのか。
鏡吾　なぜ俺に英之助を斬らせた。
弦次郎　決まってるだろう。横溝様に取り立ててもらうためだ。
鏡吾　いつです。いつ私たちを売ったんです。
隼助　機会があれば、いつでも売るつもりだった。
鏡吾　そんな。私たちは仲間じゃなかったんですか？
三郎太　本気でそう思ってた奴がいるのか。俺がおまえたちの仲間だと。
鏡吾　私はずっと信じてましたよ。皆だってそうです。
虎太郎　やめろ、吐き気がする。おまえら全員、心の中では俺を憐れんでる。身分なんか関係ないと言われる度に、思い知らされてきた。俺には笑うことしかできなかった。笑えば笑うほど、惨めになった。こんな気持ちがわかる奴が、一人でもいるのか。
鏡吾　だから、出世したかったんですか。私たちを見返すために。
隼助　自惚れるな。おまえらのためじゃない、父上のためだ。父上ほど立派な武士はいなかった。身に覚えのない罪を、言い逃れ一つせずに受け入れたんだ。俺は父上の名誉を取り戻すと誓った。どんな手を使っても、上へ這い上がろうと決めたんだ。
鏡吾　でも、一体どうやって横溝様に近づいたんです。
三郎太

鏡吾　つくづく間抜けな奴らだな。おまえらを売ったのは俺だけじゃない。おまえらが頼りにしてるお方もだ。
隼助　まさか、山岡様ですか？
鏡吾　嘘だと思うなら、本人に確かめてみろ。どうせ認めるはずはないが。これで俺の話は終わりだ。弦次郎、斬れ。
弦次郎　（読んで）俺には、おまえを斬る資格はない。騙したのはおまえでも、英之助を殺したのは俺だ。
鏡吾　善人ぶるのはよせ。本気でそう思ってるなら、なぜ今まで死ななかった。
弦次郎　（読んで）もちろん、死ぬつもりだった。上田に帰って、両親に会ったらすぐに。しかし、それも虚しいことだと気づいた。
鏡吾　何だと？
弦次郎　俺が死んでも、英之助は帰ってこない。英之助には許してはもらえないんだ。
初音　人が死ぬのはもうたくさんです。英之助さんだって、きっとそう思っています。
帆平　（弦次郎に）藩邸へ戻って、裁きを受けろ。弦次郎も、鏡吾もだ。
弦次郎　（読んで）しかし……。
帆平　おまえたちはまだ若い。今からだって、やり直しはきく。

鏡吾が弦次郎の刀を払い、弦次郎に向かって、刀を構える。

弦次郎　それがおまえのトゥルースか。
鏡吾　何がトゥルースだ。俺には最初からそんなものはない。

鏡吾が弦次郎に斬りかかる。弦次郎がかわす。弦次郎が斬りかかる。鏡吾がかわす。鏡吾が変則的な構えをする。

英之助　弦次郎！

弦次郎が小刀を抜き、大刀とともに構える。鏡吾が斬りかかる。弦次郎がかわして、鏡吾の足を斬る。鏡吾が倒れる。

鏡吾　……殺せ。

弦次郎が小刀を鞘に納め、鏡吾の手から刀を取る。

鏡吾　なぜだ。なぜ殺さない。
弦次郎　殺せと言ってるのか。
鏡吾　そうだ。
弦次郎　英之助を斬ってから、俺はずっと苦しんできた。おまえを殺しても、その苦しみは終わらない。俺が死ぬまで、終わらないんだ。

鏡吾　それはおまえの勝手だ。殺せ。

弦次郎　おまえの望み通りにはさせない。おまえも俺も、死よりももっと重い罰を受けるべきだ。もっと辛い道を選ぶべきだ。

鏡吾　辛い道？

弦次郎　俺は生きる。このまま苦しみながら生きることが、最も辛い道だからだ。鏡吾、おまえも生きろ。どんなに苦しくても、歯を食いしばって、生き抜くんだ。

弦次郎が大刀を鞘に納める。初音が弦次郎に歩み寄り、鏡吾の刀を取る。

初音　弦次郎さん。私と一緒に帰りましょう。

弦次郎　……。

初音　弦次郎さん。

弦次郎　英之助。おまえは許してくれるか。俺がおまえにしたことを。

英之助が弦次郎に歩み寄る。

英之助　許すも許さないもあるか。おまえは俺の生涯の友だ。

弦次郎が俯く。肩を震わせて、泣く。その肩に、朝日が差す。

〈幕〉

MIRAGE

ミラージュ

登場人物

新庄先生（高校教師）
真澄（新庄の教え子／漫画家）
鶴岡（新庄の教え子／パティシエ）
史恵（鶴岡の妻）
天童（新庄の教え子／酒屋）
尾花沢（真澄のアシスタント）
久美子（真澄のアシスタント）
酒田（真澄の担当の編集者）
優子（新庄の妻）
たまき（新庄の娘／大学二年生）
千登勢（新庄の妹）
山形（千登勢の夫／サラリーマン）
律子（千登勢の娘／中学二年生）

1

弔鐘が鳴る。

九月二十一日、夕。東京都世田谷区のカトリック教会。

喪服を着た人々が、頭を垂れて、祈っている。その中に、新庄先生とたまきがいる。新庄先生はどこか遠くを見つめている。そこへ、真澄が走ってくる。たまきが真澄に気づく。真澄が頭を下げる。やがて、人々は祈りを終え、一人ずつ、新庄先生とたまきに歩み寄る。哀悼の言葉をかける者。ただ黙って頭を下げる者。新庄先生は聞いているのかどうかわからない。ただ機械的に会釈を返している。

人々が去る。たまきも歩き出す。

が、新庄先生は動かない。たまきが立ち止まって、新庄先生に歩み寄る。

たまき　お父さん。
新庄先生　……。
たまき　(新庄先生の腕に手をかけて) お父さん。
新庄先生　何だ。
たまき　そろそろ行こう。叔母さんたち、外で待ってるよ。
新庄先生　ああ。

しかし、新庄先生は動かない。たまきの言葉が聞こえていないようだ。真澄は去らずに、二人を見ていた。二人に歩み寄る。

真澄　たまきちゃん。
たまき　真澄さん、今日はどうもありがとうございました。
真澄　遅くなってごめんね。どうしても抜けられない用事があって。
たまき　気にしないでください。真澄さんが忙しいのはわかってますから。
真澄　でも、何のお手伝いもできなくて。先生、本当に申し訳ありませんでした。
新庄先生　……。
たまき　お父さん、真澄さんよ。
新庄先生　ああ。
真澄　私、いまだに信じられません。優子さんに、もう二度と会えないなんて。
たまき　私もです。だから、涙も出てこなくて。
真澄　本当に突然だったね。仕事が一段落したら、お見舞いに行こうと思ってたのに。
たまき　仕方ないですよ。入院した、次の日でしたから。
真澄　でも……。
たまき　前の日までは何ともなかったんです。次の日がお休みだったから、久しぶりに砧公園にでも行こうかって言ってたんです。家族三人で。

真澄　そう。

たまき　朝ご飯の支度をしてる時、いきなり倒れたんです。すぐに救急車を呼んだんですけど、意識は戻りませんでした。

真澄　じゃ、そのまま?

たまき　ええ。私、心筋梗塞って、お年寄りの病気かと思ってました。真澄さんも気をつけてくださいね。どんなに忙しくても、ちゃんと寝てくださいね。

真澄　わかった。

たまき　すいません、もう行かないと。今日は、本当にありがとうございました。

真澄　先生。私にできることがあったら、何でも言ってください。今度は、仕事を放り出してでも、駆けつけますから。

新庄先生　ああ。

たまき　それじゃ。(と頭を下げる)

たまきが新庄先生を促し、去る。真澄は二人を見送り、去る。

2

翌年の四月二十一日、朝。東京都世田谷区の真澄のスタジオ。
酒田がやってくる。紙袋を持っている。後から、尾花沢がやってくる。バスローブを着て、頭にバスタオルを巻いている。

酒田　すいませんね、こんなに朝早く。
尾花沢　いいのよ。ちょうどシャワーを浴びたところだったたし。
酒田　先生はまだ寝てますよね？
尾花沢　ええ。昨夜は三時過ぎまでやってたのよ。でも、「明日は早めに始めよう」って言ってたから、もうそろそろ起きてくるんじゃない？
酒田　もう泊まり込みですか。締め切りまで、まだ一週間もあるのに。
尾花沢　今回は特別なのよ。
酒田　うれしいな、そんなに気合いを入れてもらえるなんて。今回はストーリーもおもしろいし、きっと先生の代表作になりますよ。
尾花沢　んー、そうね。ところで、今日は何の用？

酒田　（紙袋を差し出して）これ、頼まれてた資料です。日本全国のお城の写真。
尾花沢　あー、あれね。（受け取って）わあ、こんなにたくさん。
酒田　戦国時代に建てられたお城って、あんまり残ってないんですよね。近所の本屋を片っ端から回ったんですけど、なかなか集まらなくて。結局、国会図書館まで行って、一日がかりで探してきました。
尾花沢　相変わらず、仕事熱心なのね。
酒田　いや、それほどでも。

そこへ、久美子がやってくる。

久美子　（酒田に）おはようございます。どうしたんですか、朝っぱらから。
尾花沢　遅いわよ、久美ちゃん。私なんか、もうシャワーを浴びてきちゃった。
久美子　また？　昨夜もお風呂に入ったのに。
尾花沢　私はいつも綺麗でいたいの。
久美子　そんなことばっかり言ってるから、オカマ呼ばわりされるのよ。
尾花沢　誰がオカマですって？
酒田　まあまあ。久美子さん、これを見てくださいよ。（と紙袋からコピーを取り出して）背景は久美子さんの担当ですよね？　お役に立てるように、あらゆる角度から撮った写真を揃えました。

久美子　（尾花沢に）あのこと、話してないの？
尾花沢　私から言えるわけないじゃない。
酒田　何ですか？
尾花沢　いえ、別に。（紙を取って）あら、素敵な門じゃない。
酒田　でしょう？　それは長野の上田城です。と言っても、門しか残ってないんですけどね。主人公たちの別れのシーンにぴったりだと思って。
久美子　尾花沢さん。さっさと話した方がいいんじゃない？
酒田　あの、何の話ですか？　ひょっとして、別れのシーン、もう描いちゃいました？　急いで持ってきたのに。
尾花沢　そうじゃないのよ。
酒田　ひょっとして、まだ一ページもできてないとか？
尾花沢　ううん、違うの。戦国ラブストーリーの方は三十ページぐらいできてるわ。でもね……。
酒田　でも、何なんです？

そこへ、真澄がやってくる。

真澄　おはよう。
久美子　おはようございます、先生。
真澄　あれ、酒田君。もう原稿の催促？

酒田　いえいえ、今日はお城をお持ちしました。
真澄　（尾花沢に）話した？
尾花沢　まさか。
真澄　じゃ、説明しといて。（と机に向かう）
尾花沢　そんな。
久美子　悪いけど、時間が惜しいんだ。久美ちゃん、昨日の続きから始めるよ。
真澄　はい。（尾花沢に）がんばってね。（と机に向かう）
酒田　尾花沢さん、お願いします。
尾花沢　えーと、話せば長い話なんだけど、事の起こりは半年前。先生がお葬式に行った時のことでございました。
久美子　どうしてそんな口調になるのよ。
尾花沢　だって、緊張しちゃって。久美ちゃん、代わって。
久美子　頼まれたのはあなたでしょう？
尾花沢　私は繊細なのよ。あんたと違って。
真澄　もう少し静かにお願い。
尾花沢　すいません。（酒田に小声で）そういうことなんで、続きはまた後で。
酒田　まだ何も話してないじゃないですか。
尾花沢　いけない。私、枠線引かなくちゃ。（と机に向かう）
酒田　ちょっと待ってくださいよ。（と尾花沢の机を見て）あれ？

真澄　急に大きな声を出すなよ。集中してるんだから。
酒田　（原稿を一枚取り上げて）何ですか、これ？
真澄　見ればわかるだろう。原稿。
酒田　どこの雑誌の？
真澄　決まってるだろう。酒田君のところの、別冊ドリーミング。
酒田　でも、この男、背広を着てるじゃないですか。戦国ラブストーリーに、どうして背広の男が？
真澄　ごめん、予定変更。
酒田　予定変更？　僕に黙って？
真澄　昨夜、決めたんだ。でも、もう遅い時間だったから、酒田君には明日の朝、電話で報告しようってことになって。
酒田　一体どういう変更なんです。この男は、現代からタイムスリップでもしてきたんですか？
久美子　鈍いなあ。戦国ラブストーリーはボツ。別の話を描くことになったんです。
酒田　何ですと？
尾花沢　舞台は現代。主人公は、高校の英語の先生。
酒田　高校の英語の先生？　じゃ、僕が集めてきた、お城の写真は？
真澄　悪いけど、次の機会に回す。今はこれを描かせてほしい。
酒田　冗談じゃありません。締め切りまで、あと一週間しかないんですよ。今から始めて、間に合うと思ってるんですか？

真澄　それは大丈夫。もうストーリーは決まってるから。
酒田　先生、落ち着いて考えてください。六十ページですよ。どんなにがんばってても、ネームに二日はかかりますよね。七引く二は五。つまり、下書きから完成まで五日しかないんだ。五日で六十ページ仕上げるとすると、六十割る五は十二。一日十二ページ仕上げなくちゃいけない計算になるんです。
真澄　わかってる。不可能な数字じゃない。
久美子　そうですよ。先生の最高記録は、一日二十ページでしたよね。次の日はフラフラになって、何もできなかったけど。
酒田　五日もそれを続けられますか？
真澄　ネームは今日中に終わらせる。そしたら一日十ページで済む。
酒田　でも、もし間に合わなかったら？　別冊ドリーミングは五十万部も出てるんです。そんな危ない橋は渡れません。
真澄　私が信用できないってこと？
酒田　そうは言ってません。あまりに無茶な話だって言ってるんです。
尾花沢　そうかしら。死ぬ気になれば、何だってできるわよ。
酒田　僕の苦労はどうなるんです。せっかく国会図書館まで行ってきたのに。
尾花沢　それはまた次の機会に生かすってことで。
酒田　順番が違うでしょう。高校の英語の先生でしたっけ？　そいつの話を次に回せばいいじゃないですか。

真澄　次じゃダメなんだ。今じゃなくちゃ。
酒田　なぜです。
真澄　理由は私にもよくわからない。わからないから描きたいんだ。
酒田　ムチャクチャだ。
久美子　酒田さんはいつも言ってるじゃないですか。描きたいものを描いてくださいって。先生は今、どうしても描きたいものがあるんです。それでいいじゃないですか。
酒田　でも、もし間に合わなかったら。
尾花沢　男でしょう、グズグズ言わないの。
真澄　酒田君、一生に一度のお願い。もう二度とこんなワガママ言わないから、私に描かせて。
酒田　でも……。
真澄　酒田君。
酒田　……わかりました。
真澄　ありがとう！
酒田　でも、そのかわり、一つだけ条件があります。できたものを僕が読んで、載せられないと判断した時は、前の作品を仕上げてもらいます。
久美子　一週間で両方描けってこと？
酒田　僕は僕なりにプライドを持ってこの仕事をやってるんです。どんなに先生が描きたいものでも、最終決定は編集の僕に任せてほしいんです。
真澄　わかった。つまり、三日で仕上げればいいんだな？

尾花沢　三日で？　それって一日二十ページのペースじゃない。
真澄　最高記録を出した日を思い出そう。私はネームとペン入れを同時にやって、できた端から二人に渡した。
久美子　で、私たちは背景とトーンとベタを同時にやったんです。
尾花沢　三人とも、山姥《やまんば》みたいになったわよね。やっぱり、賛成するんじゃなかった。
久美子　何言ってるのよ。最初にやろうって言い出したのは、尾花沢さんでしょう？
真澄　よし、始めるよ。久美ちゃん、ここの背景、お願い。尾花沢君はこっちのベタとトーン。
尾花沢　あ、ちょっと待って！
真澄　どうしました？
尾花沢　仕事を始める前に、その恰好、何とかして。
真澄　はいはい、すぐに着替えてきます。

尾花沢が去る。

酒田　あの、僕は何をすればいいでしょう？
久美子　私、おなかが空いた。サンドイッチか何か、食べたいな。
酒田　わかりました。すぐに作ります。
真澄　食事は、尾花沢君に作らせるからいい。酒田君はそこに座ってて。
酒田　でも、僕にも何かお手伝いさせてください。

真澄　じゃ、科白とナレーションをチェックしてくれる？
酒田　頭から順番にやりましょう。そうすれば、僕にもどんな話かわかる。
久美子　はい、これが最初のページです。（と原稿を差し出す）
酒田　（受け取って）へえ、最初のシーンは教会ですか。それでは、謹んで読ませていただきます。「去年の九月、私の恩師の奥さんが亡くなった。奥さんはクリスチャンだったので、葬儀は教会で行われた。そこで目にしたのは、抜け殻のようになってしまった、恩師の姿だった。恩師の名前は、新庄則行。私が高校三年の時の担任だった。ミラージュ」これが、この話のタイトルですか？
真澄　そう、『ミラージュ』。

酒田　（原稿を読む）「それから半年後、私は新庄先生の家を訪ねた。その日は、先生の五十回目の誕生日だった」

3

三月一日、夕。東京都世田谷区の新庄先生の家のリビング。
たまき・鶴岡・史恵がやってくる。史恵はケーキの箱を持っている。

たまき　まだ誰も来てないんですよ。鶴岡さんたちが一番乗り。
史恵　たまきちゃん、これ、いつものお土産。（と箱を差し出す）
たまき　（受け取って）ありがとうございます。今回はどんなケーキですか？
史恵　あなたのお父さん、ゴテゴテ飾ったのより、シンプルなのが好きじゃない？　だから、今年もイチゴのショート。ねえ、麓郎さん？
鶴岡　（たまきに）でも、それだけじゃ淋しいから、上にチョコでメッセージを書いておいた。「おめでとう、四十九歳」って。
たまき　あの、父は今日で五十歳になるんですけど。

鶴岡　え？（史恵に）でも、少ない分には、失礼にならないよな？
史恵　ダメダメ。新庄先生は几帳面なんだから。
鶴岡　史恵、ケーキを出せ！「四十九歳」のところをなめて、「おめでとう」だけにするんだ！
酒田　先生、この間抜けな男は？
真澄　この人は、新庄先生の教え子の鶴岡君。この人は、鶴岡君の奥さんの史恵ちゃん。この人は、新庄先生の娘のたまきちゃん。
酒田　いっぺんに言われても、覚えられません。で、この間抜けな男はどうしてケーキを？
久美子　それは、続きを読めばわかりますよ。

そこへ、千登勢がやってくる。エプロンをつけている。

千登勢　たまきちゃん、お客さんて、何人だったっけ？
鶴岡　史恵、ケーキをしまえ！
千登勢　あら、いらっしゃい。
鶴岡　お邪魔してます。
千登勢　ケーキを持ってきたってことは、あなたがケーキ屋の鶴岡さんね？
たまき　ケーキ屋さんじゃないってば。鶴岡さんはパティシエ。
千登勢　え？　鶴岡さんはパッとしねえ？
鶴岡　パティシエ。レストランでデザートを専門に作る人間のことです。

たまき　（千登勢に）時々、料理学校で先生をすることもあるのよ。史恵さんは、そこの生徒だったの。
千登勢　まあ、教え子に手を出したの？
史恵　いいえ。教え子が手を出したんです。
千登勢　見かけに寄らず、積極的なのね。はじめまして。新庄の妹の千登勢です。
史恵　初めてじゃありません。優子さんのお葬式の時、お会いしました。
千登勢　そうだったっけ？　ごめんなさいね、あの時はバタバタしてて。

真澄がたまきに歩み寄る。薔薇の花束を持っている。

真澄　こんばんは。（と花束を差し出す）
たまき　真澄さん、いらっしゃい。（と受け取る）
酒田　（真澄に）あれ、この人、先生によく似てますね。名前まで、同じだ。
真澄　だって、私だもの。
酒田　ずるい。自分の漫画に出るなんて。しかも、本物より少し若くなってる。
久美子　そうですか？　じゃ、顔にシワを描きましょう。
真澄　久美ちゃん、給料減らされたいの？
久美子　バックに薔薇を描きましょう。ベルばらのオスカルみたいに。

そこへ、天童がやってくる。ビールケースを持っている。

天童 毎度。
鶴岡 何だ、天童も一緒だったのか。
真澄 言っておくけど、一緒に来たわけじゃないよ。たまたまそこで会ったの。
天童 冷たいな。半年ぶりに会ったのに。
真澄 優しくしてほしかったら、性格を変えろ。
たまき (天童に)すいません、いつも。
天童 気にしない、気にしない。どうせうちの店の物だから。それより、この前のたまきちゃんの誕生日、来られなくてごめんね。配達が忙しくてさ。
史恵 私はてっきり遊んでたのかと思いました。
天童 バカ。パチンコは遊びじゃねえ。真剣勝負だ。
史恵 やっぱりパチンコでしたか。
天童 はめやがったな、この野郎!
酒田 (真澄に)この酒屋も、新庄先生の教え子ですか?
真澄 そう。私たちは毎年三回、先生のお宅に集まることにしてるんだ。
酒田 わかった。新庄先生の誕生日と、この子の誕生日と、この叔母さんの誕生日ですね?
久美子 違いますよ。叔母さんじゃなくて、亡くなった奥さんの誕生日。
天童 (千登勢を示して)たまきちゃん、こちらの方は?

千登勢　たまきの叔母の千登勢です。あなたのことはよく覚えてます。
天童　前にどこかでお会いしましたっけ？
鶴岡　バカ。優子さんのお葬式だよ。
天童　ああ、あの日は長井が遅刻したんだよな。俺たちは朝の七時に教会に行って、一日中働いてたんだ。恐いおばさんにこき使われて。
千登勢　その恐いおばさんが私よ。その節は、お弁当を三人前も食べてくださって、ありがとうございました。
たまき　叔母さん。
千登勢　でも、あの時は助かったわ。皆さん、本当にいい人たちね。今日だって、わざわざ兄のために集まってくれたんでしょう？
天童　それは、おばさんだって同じじゃないですか。
千登勢　おばさん！
天童　千登勢お姉さんだって同じじゃないですか。
千登勢　あら、私は違うのよ。私は三日前から、ここに住んでるの。これからもずっと住むのよ。
たまき　嘘。一週間ぐらいしたら帰るって言ってたじゃない。
千登勢　気が変わったのよ。やっぱり、あなたたちには私が必要なんだわ。
たまき　叔父さんと律子ちゃんはどうするの？　今頃、心配してるよ。
千登勢　心配なんかしてないわよ。その証拠に、電話一本かけてこないし。
たまき　それは、すぐに帰ってくると思ってるから。

天童　お取り込み中、失礼します。もしかして、千登勢さんは家出中なんですか？
真澄　横から余計な口出しするなよ。
天童　だって、これだけ目の前で取り込まれたら。
千登勢　天童さんの言う通りよ。私は家出してきました。もう戻るつもりはありません。明日、区役所へ行って、離婚届けをもらってきます。
天童　最近は、区役所も二十四時間やってるみたいですよ。
真澄　黙ってろ。
千登勢　いいこと聞いたわ。今からでも、行ってこようかな。
たまき　待ってよ。お父さんには相談したの？
千登勢　まだよ。だって、言ったら、反対されるに決まってるもの。「千登勢、覆水盆に帰らずだぞ」とか何とか。だから、事後報告で済ませるつもり。
たまき　お願いだから、待って。お父さんも今、大変なんだから。
史恵　大変って？
鶴岡　先生に何かあったの？
たまき　ええ……。

そこへ、尾花沢がやってくる。服を着ている。

尾花沢　久美ちゃん。あんた、私のおパンツ、勝手に洗ったでしょう。エマール使ってって言った

酒田　のに。もうゴワゴワよ。
真澄　静かにしててください。今、大事なところなんです。
たまき　たまきちゃん、良かったら、話してよ。
千登勢　明日、父が担任しているクラスの卒業式なんです。
たまき　だから、何？　そんなの、前に何度も経験してるじゃない。
史恵　でも、今度は違うの。お父さんにとっては、最後の卒業式になるのよ。
たまき　え？
天童　父は、明日で学校を辞めるんです。
鶴岡　おいおい、冗談だろう？
たまき　こんなことが冗談で言えるか。（たまきに）それで、理由は？
千登勢　本人はただ、「疲れたからだ」って。
たまき　そんな大変なこと、どうして今まで話してくれなかったの？
千登勢　ごめんなさい。なかなかきっかけがつかめなくて。
史恵　兄さんも兄さんよ。私に一言も相談してくれないなんて、絶対に許せない。
天童　たぶん、心配をかけたくなかったんじゃないですか？
真澄　千登勢さんも取り込み中だからな。
たまき　（たまきに）それで、辞めた後はどうするって？
鶴岡　「特に予定はない」って言ってました。辞めてから考えるって。
　優子さんが亡くなってから、ずっと元気がなかったもんな。でも、時間が経てば、元に戻

天童　るだろうと思ってたのに。こういう時、男は脆いんだ。女は旦那が亡くなっても逞しく生きていくけど、男は生きる気力をなくして奥さんの後を追うように――

鶴岡　バカなことを言うな。先生はまだ四十九だぞ。

史恵　五十よ。

鶴岡　どっちだって同じようなもんだろう。男が本当にいい仕事をするのは、五十を過ぎてからだって説もある。先生の人生はこれからなんだ。

真澄　鶴岡君の言う通りだよ。先生から学校を取ったら、何も残らない。だって、教えることが生き甲斐みたいな人じゃないか。私は絶対に反対だよ。先生が帰ってきたら、何が何でも止めてみせる。

史恵　賛成！

そこへ、新庄先生がやってくる。

新庄先生　ただいま。

たまき　お帰りなさい。

酒田　ついに出ましたね。この人が新庄先生ですか？

久美子　そうですよ。大事なところなんだから、黙って読む。

新庄先生　みんな揃ってますね。自分の誕生パーティーに遅刻して、本当に申し訳ありませんでした。

急いで着替えてきますから。

千登勢　着替えなんか後でいいわ。兄さんに話があるのよ。

新庄先生　込み入った話なら、後にしてくれないか。お客さんが来てるんだから。

千登勢　いいから、私の質問に答えて。学校を辞めるって本当？

新庄先生　ああ、本当だ。（たまきに）みんなに話したんだね？

真澄　ずっと黙ってるつもりだったんですか？

新庄先生　そんなことはありません。いつかはわかることですからね。ただ、あまり大袈裟にしたくなかっただけです。

千登勢　どうして辞めるの？　生活はどうするつもり？

新庄先生　質問は一つずつにしなさい。その方が答えやすい。

千登勢　はぐらかさないでよ。私は兄さんのことを心配してるのよ。

新庄先生　生活については、何の心配もない。たまきに大学を卒業させるぐらいの蓄えはある。もう一つの質問は何だったかな？

真澄　学校についてです。どうして辞めるのか。

天童　（新庄先生に）学校で何かあったんですか？　たとえば、物凄い問題児がいて、自信をなくしたとか？

新庄先生　問題児ですか。三十年近く教師をやってきましたが、一番印象に残っている問題児は、天童君ですね。

天童　すいませんでした。

新庄先生　これといった理由はありません。強いて言えば、少し休みたくなったんです。
真澄　やっぱり、優子さんが亡くなったからですか？
新庄先生　優子とは何の関係もない。私は、私の意思で辞めるんです。
真澄　でも、先生がいなくなったら、うちの学校はつまらなくなりますよ。
新庄先生　そんなことはありません。若い先生方は優秀な人ばかりです。
真澄　でも、先生みたいな厳しい人がいなくなったら、なんていうか、学校の雰囲気がピリッとしなくなるっていうか……。
天童　ドラえもんを見たら、ジャイアンが優しくなってたって感じかな。
史恵　ちょっと違うかな。
鶴岡　(新庄先生に)残念です。俺は、自分に子供が生まれたら、絶対に先生に習わせようって思ってたのに。
新庄先生　ありがとう。でも、もう決まったことなんです。
真澄　じゃ、もう辞表を？
新庄先生　一カ月前に出しました。だから、学校に行くのは、明日が最後です。
千登勢　もう何を言っても無駄ってことか。本当に頑固なんだから。
新庄先生　そろそろ食事にしませんか？
千登勢　わかったわよ。たまきちゃん、手伝って。
史恵　私も手伝います。

たまき・千登勢・史恵が去る。

新庄先生　このビールは天童君ですね？　いつもありがとう。

天童　先生もたまには一杯ぐらいどうです。今日は誕生パーティー兼退職パーティーだ。一緒にガンガン飲みましょう。

鶴岡　脳天気なヤツだな。先生は明日、卒業式なんだぞ。それも最後の。

天童　卒業式か。十五年前を思い出すな。おまえ、あの時もケーキを持ってこなかったっけ？

新庄先生　クラス全員の名前が書いてありましたね。味は当時からすばらしかった。

鶴岡　先生が誉めてくれたから、この道に進もうって決心したんです。

新庄先生　しかし、君は努力した。君の道を進んだのは、君自身です。

真澄　「自分を信じなさい。自分の信じる道を進みなさい」

天童　何だ、それ？

真澄　忘れたの？　式の後、教室で先生が言ったじゃない。

新庄先生　よく覚えてますね。十五年も前の話なのに。

真澄　仕事がうまくいかなかったりすると、よく思い出すんです。

新庄先生　「君たちの中には、私のやり方が厳しすぎると思った者もいるかもしれない。確かに、私は厳しい教師でした。が、それは、私が教師という仕事に誇りを持っていたからです」

鶴岡　それ覚えてます。まさか、全部言えるんですか？

新庄先生　生徒が変わっても、最後の授業で話すことはだいたい同じなんですよ。

天童　じゃ、明日も同じこと言うんだ。手抜きだな。

真澄　黙ってろって。

新庄先生「学校は、勉強を教える場所ではない。生き方を教える場所だ。教師は自分の授業を通して、自分の生き方を教えるのだ。そう、私は信じています。だから、絶対に妥協しなかった。私は、私が正しいと思うことだけをしてきました。それで君たちに嫌われることになったとしても、仕方がない。大切なのは、私の生き方を教えることなのだから。しかし、私の仕事も今日で終わりです。明日からは、君たち一人一人が考えなければならない。自分の道は、自分の手で作らなければならない。自分の足で進まなければならない。しかし、心配することはありません。君たちの準備はもう整っている。君たちには、君たちの道を作る力がある。自分を信じなさい。自分の信じる道を進みなさい。卒業おめでとう」

新庄先生が去る。鶴岡と天童も去る。

4

酒田　先生、ちょっと質問していいですか?
真澄　また?
酒田　いいじゃないですか。これが僕の仕事なんだから。
久美子　横で騒ぐから、ちっとも集中できない。おかげで、新庄先生の家のリビングが、和室になっちゃった。
酒田　(原稿を一枚取り上げて)うわー、床の間に掛け軸が吊るしてある。しかも、虎の絵だ。
久美子　凄く巧く描けたのに、消さなくちゃいけないんですよ。もう頭に来ちゃう。
尾花沢　時間がないのよ。口ばっかり動かしてないで、手も動かす。
久美子　あなたこそ、そんな小さいベタを塗るのに、何分かけてるのよ。
尾花沢　私はムラが大っ嫌いなの。生意気な女もね。
酒田　まあまあ。先生、この真澄って登場人物は、先生がモデルですよね?
真澄　そうだよ。
酒田　ということは、生意気なアシスタントと性別不明のアシスタントも出てくるんですか?
真澄　それは、続きを読めばわかるよ。はい、次のページ。(と原稿を差し出す)

酒田　（受け取って）「それから四日後、私のスタジオに、たまきちゃんが訪ねてきた」

三月五日、昼。真澄のスタジオ。
たまきがやってくる。

たまき　すみません、お仕事中にお邪魔して。
真澄　こっちこそ、散らかっててごめんね。いつものことだけど。
尾花沢　（たまきに）締め切り直前になると、もっと凄いのよ。正に修羅場。
酒田　出た、出た、出た！（と尾花沢を指す）
尾花沢　何よ。人を化け物みたいに言わないでくれる？
久美子　化け物っていうより、変態ですよね。
尾花沢　誰が変態ですって？
真澄　（たまきに）お父さんはどうしてる？　先週会った時は、かなり元気になったように見えたけど。
たまき　ほとんど自分の部屋にいます。食事の時間以外はずっと。
真澄　そうなの？　どこかに出かけたりしないの？
たまき　ええ。何してるんだろうって思って覗いてみたら、本を整理してました。
真澄　先生の部屋は壁も床も本でいっぱいだもんね。それ全部整理したら、いい運動になるんじゃないかな。

たまき　以前は、私や母がいくら言ってもやらなかったんです。どこに何があるのか、全部わかってるからって。それなのに、急に今になって。
真澄　学校を辞めて、時間ができたからじゃない？
たまき　でも、やり方がちょっと変なんです。片っ端から紐で縛って、部屋の隅に積み上げて。まるで……。
真澄　まるで？
たまき　もう二度と読まないって感じなんです。
久美子　それはちょっと気になるわね。
尾花沢　仕事しなさいよ。
久美子　だって、気になるじゃない。たまきちゃんのお父さんの話は、先生からしょっちゅう聞いてるし。会ったのは一回だけだけど。
尾花沢　ああ、奥さんのお葬式の時ね。あれは見てて辛かったわ。顔色が真っ青で。
久美子　ボーッとして、何だか脱け殻みたいだったもんね。
真澄　やめてよ、たまきちゃんの前で。
たまき　でも、当たってます。母が亡くなってから、父はほとんどしゃべらなくなりました。かと言って、本を読んだり、音楽を聞いたりするわけでもなくて、ソファーに座ってジッとしてるんです。何時間も。
真澄　でも、先週は、ちゃんと話をしてたじゃない。
たまき　一カ月前からなんです。父が話をするようになったのは。

尾花沢　一カ月前？
たまき　辞表を出した日です。私には、あの日に父が何かを決意したとしか思えないんです。学校を辞める以上のことを。
久美子　もしかして、自殺とか？
たまき　（頷く）
真澄　たまきちゃんを置いて？　そんなバカなことするわけないじゃない。
尾花沢　そうよ。もっといい方に考えてみたら？　たとえば、外国に旅行するとか。
久美子　そうか。パーッと旅行すれば、悲しいことも忘れられるもんね。
尾花沢　それとも、本を紐で縛ってたってことは、お引っ越しかな。ほらね？　自殺以外にも、いろいろ考えられるじゃない。
真澄　（たまきに）もう少し様子を見てみようよ。そんなふうに思い詰めてたら、たまきちゃんが参っちゃうよ。
たまき　でも、私、見たんです。父が日記を燃やしてるところを。今朝早く、庭の隅で。旅行や引っ越しで、どうして日記まで燃やす必要があるんですか？
尾花沢　うーん、どうしてかしら。
たまき　真澄さんはどう思いますか？
真澄　……。
たまき　私はどうすればいいんでしょうか。
真澄　わかった。私が何とかする。

久美子　何とかするって？

真澄　まだわからないよ。でも、考える。

尾花沢　余計なお節介はしない方がいいと思うけど。先生は家族でも親戚でもない。所詮は、赤の他人じゃない。

真澄　他人じゃない。私は、新庄先生の生徒だ。

酒田　（原稿を読む）「半年前のあの日、私もたまきちゃんと同じことを思った。新庄先生が死んでしまうのではないかと。しかし、先生は強い人だ。時間はかかるかもしれないが、いつかはきっと立ち直ってくれる。そう信じることで、不安を忘れようとした。が、それは間違いだった。先生の時間は、あの日に止まったまま。ずっと止まったままだったのだ。その日の夕方、私はみんなに電話して、スタジオに集まってもらった」

たまきが去る。鶴岡・史恵・天童がやってくる。

天童　それで、俺たちにどうしろって？

真澄　一緒に考えてほしいんだ。先生を思い止まらせる方法を。

天童　引き受けたのはおまえだろう？　どうして俺たちまで巻き込むんだよ。

鶴岡　あれだけ世話になっておいて、よくそんなことが言えるな。

天童　でもさ、勘違いだったらどうするよ。長井のアシスタントが言ったみたいに、旅行か引っ越しかもしれないだろう。

史恵　そうでしょうか。私、とってもイヤな予感がするんですけど。
天童　虫の知らせか？　俺、そういうの信用してないから。
鶴岡　いや、こいつの勘は当たるんだ。天気予報で晴れって言っても、こいつが降るって言ったら、百パーセント降るんだ。
史恵　天気と先生を一緒にしちゃダメでしょう。
天童　（鶴岡に）怒られてやんの。意外と嬶《かかあ》天下？
真澄　どうしてあんたはそんなに緊張感がないの。先生がどうなってもいいわけ？
天童　基本的にはそうかな。
真澄　何だと？
天童　俺は、俺の決めたことに対して、他人にどうこう言われたくない。だから、他人の決断にも口出ししたくない。
真澄　黙って見てろって言うのか？　先生が死ぬかもしれないのに。
天童　考えすぎだよ。いい大人が、簡単に自殺なんかするもんか。
真澄　先生が学校を辞めるって聞いた時、何とも思わなかったのか？
天童　そりゃ、変だなとは思ったさ。
鶴岡　俺には信じられなかった。先生は、教師になるために生まれてきたような人だからな。
史恵　私、あんなにまじめな人、見たことない。会うと、いまだに緊張しちゃう。
鶴岡　俺も、最初はそうだった。（天童に）覚えてるか、一学期の最初の授業？
天童　忘れるわけないだろう。いきなり全員が怒られたんだよな。

史恵　どうして？
天童　最初の授業って、普通は話だけで終わるだろう。それなのに先生ときたら、起立礼が終わると同時に、教科書に入ったんだ。でも、誰も予習してなかったから、ちっとも進まない。それで、いきなりお説教だ。
真澄　「勉強というのは教わるものではない。学ぶものです。中学高校と六年間も英語を勉強して、それでも英語が話せるようにならなかったら、君たちは何も学ばなかったということです」
天童　そんなこと、高三になってから言われても、手遅れだよな。
真澄　でも、私はドキッとしたよ。授業がつまらなかったのは、先生のせいじゃない。自分が学ぼうとしてなかったからなんだってわかったから。
鶴岡　（史恵に）俺たちは毎日怒られた。中には、先生のことを嫌ってるヤツもいた。あまりに厳しすぎるって。でも、先生は自分にも厳しかった。いい授業をするために、いつも努力してた。それがわかった時、俺は先生が大好きになった。緊張もしなくなった。
史恵　いい先生ね。私も授業を受けてみたかった。
天童　やっぱり、どう考えても変だな。今、何とかしないと、手遅れになるぞ。
鶴岡　だから、さっきからそう言ってるじゃないか。
天童　でも、俺たちに何ができる。
鶴岡　話し合おう。先生にもう一度元気になってもらう方法を。
天童　じれったいな。こんな所でこそこそ相談してないで、先生に直接、話したらどうだ。

鶴岡　何を話すんだ。いきなり「先生、死んではいけません」って言うのか？

真澄　行こう、先生の家に。

鶴岡　おい、長井。

真澄　いいアイディアが浮かんだんだ。みんな、協力してくれるよね？

鶴岡・史恵・天童が頷く。

酒田　（原稿を読む）「その日の夜、私たちは新庄先生の家へ行った」

5

三月五日、夜。新庄先生の家のリビング。
たまきと千登勢がやってくる。二人はティーカップを載せたトレーを持っている。

千登勢　さあ、どうぞ。熱いから気をつけて。
史恵　ありがとうございます。
千登勢　ごめんなさいね、お待たせして。もうすぐ来ると思うんだけど。
天童　千登勢さん、まだいらしたんですね。
千登勢　いちゃ悪かったかしら？
真澄　いえいえ、そんなことないですよ。
天童　（千登勢に）もしかして、もう離婚届を出しちゃったとか？
千登勢　まだよ。考えてみたら、私がわざわざ区役所まで行くことないじゃない？　悪いのは向こうなんだから、面倒なことは向こうにやらせればいいのよ。

たまき あれ、お砂糖がない。
千登勢 いけない。すぐに取ってくるわね。

千登勢が去る。

たまき 皆さん、父のために来てくださったんですか？
真澄 私が頼んだんだ。協力してくれって。
天童 たまきちゃん、もう心配はいらないよ。お父さんのことは俺に任せてくれ。
鶴岡 おまえ、よくそんなことが言えるな。
史恵 （天童に）そうよ。最初は口出ししたくないとか何とか言ってたくせに。
真澄 （たまきに）先生、お部屋で何してるの？
たまき わからないんです。声をかけたのは叔母でしたから。それで、父には何を？
真澄 たまきちゃんは何も知らなかったことにしたいんだ。だから、うちのスタジオに来たことも、忘れて。

千登勢が戻ってくる。シュガーポットを持っている。

千登勢 はい、どうぞ。ところで今日は、何のご用？
たまき 叔母さん、お父さんは何してるの？ 皆さん、待ってるのに。

千登勢　何か書いてたわよ。手紙みたいだったけど。
鶴岡　手紙？
天童　まさか、遺書？
千登勢　え？　今、何て言ったの？
史恵　いいえ、何でもないんです。天童さん、少し酔っ払ってるみたいで。

そこへ、新庄先生がやってくる。

新庄先生　すみませんでしたね、待たせて。
真澄　先生、何をしてたんですか？
新庄先生　どうしたんです、恐い顔をして。
真澄　教えてください。今、何をしてたんですか？
新庄先生　手紙を書いていたんです。今度の卒業生たちから退職祝いが届きましてね、そのお礼状を。
天童　何だ。俺はてっきり――
千登勢　てっきり、何？
天童　千登勢さんの旦那さんへの手紙かと思いました。早く迎えに来いって。
新庄先生　なぜ私がそんな手紙を書かなければならないんです。
千登勢　そうよ。大きなお世話よ。
新庄先生　家を飛び出してきたのは千登勢です。山形君が迎えに来ても来なくても、千登勢は自分の

千登勢　意思で戻るべきです。
新庄先生　だから、私は帰らないって言ってるでしょう？
真澄　その話はまた後にしよう。（真澄に）君たちの用件を聞かせてください。
鶴岡　はい。じゃ、鶴岡君。
真澄　俺か？
鶴岡　だって、鶴岡君が言い出したことじゃない。
天童　え？　ああ、そうか。でも、俺、こういうの、苦手なんだよ。
史恵　しっかりしろよ。
鶴岡　（新庄先生に）実は、この人が勤めているレストランが、来年、ニューヨークに支店を出すことになったんです。ねえ、麓郎さん？
新庄先生　そうなんです。それで、俺がオープニングスタッフに選ばれる可能性がありまして。
鶴岡　それはきっと、名誉なことなんでしょうね。おめでとう。
　ありがとうございます。でも、まだ決まったわけじゃないんです。選ばれる可能性は、ほとんどゼロと言ってもいいぐらいで。
史恵　でも、もしもの時のために、今から英会話の勉強を始めておこうって思ったのよね？
真澄　それで、先生にお願いしようってことになったんです。私たちにもう一度、英語を教えてくださいって。
千登勢　あなたたち？　鶴岡さんと史恵さんはわかるけど、後のお二人はどうして？
真澄　私、前から英会話がやりたいと思ってたんです。たまに、取材で海外に行くことがあるん

鶴岡　ですよ。でも、英語ができないから、ただの観光で終わることが多くて、とっても悔しかったんです。鶴岡君の話を聞いて、これはいい機会だと思いまして。
酒田　よくそんなにスラスラ喋れるな。
真澄　先生。本当なんですか、この理由？
千登勢　私のは半分本当。鶴岡君のはまるっきり嘘。先生に授業をしてもらうために、みんなで考えたんだ。
天童　（天童に）で、あなたは？
千登勢　えーと、俺は……。
史恵　確か、お家は酒屋さんだったわよね？　酒屋さんがどうして？
天童　（天童に）時々、外国の人が買い物に来るって言ってませんでしたっけ？
史恵　いや、それはない。
新庄先生　でも、さっきの打ち合わせの時は——
真澄　打ち合わせ？
　ここへ来る前に、みんなで作戦会議をしたんです。私たちが英語を勉強したいって気持ちを、どうやって先生に伝えるか。
天童　その時は照れ臭くて言えなかったんですけど、思い切って言います。みんなは笑うかもしれないけど。
新庄先生　それは聞いてみなければわかりませんよ。話してください。
天童　実は俺、最近、インターネットに凝ってるんですよ。

史恵　は？

天童　(新庄先生に) それで、たまたまイギリスの女の子とメル友になりまして。この子が凄くいい子で、俺、かなり気に入ってるんです。もっといろんな話をしたいんですけど、ほら、俺の成績知ってるでしょう？　助けてください。

酒田　うーん、これは嘘っぽい。これがインターネットって顔ですか？

真澄　後で聞いたら、突然閃いたって言ってた。別に閃かなくても良かったのに。

新庄先生　天童君がパソコンに興味があるとは思いませんでしたね。

天童　ええ、俺も。

真澄　(新庄先生に) まだ始めたばっかりなんですよ。(天童に) そうだろう？

新庄先生　(天童に) しかし、それなら翻訳ソフトを使えばいいでしょう。私も幾つか持ってますから、使いやすい物を譲りますよ。

天童　翻訳ソフト？

新庄先生　日本語から英語に、自動的に翻訳してくれるソフトのことです。

天童　ああ、その手があったか。

真澄　納得してどうするの。

天童　(新庄先生に) 機械に任せるのはイヤなんです。俺は、俺の言葉で彼女に愛を語りたいんです。

新庄先生　厳密に言えば、ソフトは機械ではありません。機械の部分はハードウェアと呼ばれています。ソフトウェアというのは、このハードウェアの上で働くプログラムのことで――

天童　難しいことはいいじゃないですか。とにかく、俺は先生に習いたいんです。
千登勢　でも、英会話だったら、学校に行った方がいいんじゃないの？
新庄先生　私も同意見です。特に鶴岡君は、ネイティブな教師に習うべきです。
たまき　でも、お父さんも大学時代、イギリスに留学してたんでしょう？
真澄　そうだ。そうじゃないですか、先生。
新庄先生　しかし、もう三十年も前の話ですよ。
史恵　（鶴岡を指して）この人、知らない人に習うのはイヤだって言うんです。
鶴岡　三十三にもなって、いまだに人見知りが治らないんです。先生、お願いします。
新庄先生　しかし――
たまき　私も受けてみたいな、お父さんの授業。一度も受けたことないから。
新庄先生　当たり前だろう、学校が違うんだ。大体、おまえがウチの高校に来るのをイヤがったんじゃないか。
たまき　あの頃は恥ずかしかったのよ、お父さんに習うのが。でも、今は後悔してる。私の高校には、お父さんみたいな先生がいなかったから。
新庄先生　そうか。
真澄　たまきちゃんもこう言ってることだし、お願いできませんか。週に一度でいいんです。私たちに授業をしてください。
史恵　お願いします。
新庄先生　考えてみましょう。

真澄　ありがとうございます。
千登勢　新庄英会話教室の始まりね。前祝いに、乾杯でもする？　この前、天童さんが持ってきたビール、まだ何本か残ってるのよ。（と歩き出す）
新庄先生　待ちなさい、千登勢。私は考えてみると言ったんだ。やるかどうかは、まだわからない。
千登勢　あら……。
鶴岡　じゃ、俺たちはこれで失礼します。二、三日したら、電話しますから。
新庄先生　わかりました。
久美子　あー、お腹空いた。私、もう限界。
尾花沢　仕方ないわね。じゃ、お蕎麦でも作る？
久美子　私、たぬき蕎麦がいい。
尾花沢　オーケイ！　じゃ、打つわよ。
酒田　え？　蕎麦粉から打つんですか？

尾花沢・久美子・酒田が去る。鶴岡・史恵・天童・たまき・千登勢も去る。真澄も去ろうとする。

新庄先生　長井君、ちょっと待ってください。
真澄　何ですか？
新庄先生　私に授業をさせようというのは、君のアイディアですね？
真澄　いいえ、それは鶴岡君が――

新庄先生 私を騙すつもりなら、もっと上手に演技をしなければダメだ。君たちの演技はあまりにお粗末すぎる。

真澄 でも、先生に授業をしてほしいっていう気持ちは本当です。いきなりこんなことを言い出して、ご迷惑だったとは思いますけど。

新庄先生 そんなことはありません。君は、私のことを心配してくれたんでしょうから。でも、大丈夫です。私は元気です。近いうちに、どこかに旅行に行こうかと思っていたぐらいですから。

真澄 そうなんですか?

新庄先生 でも、延期することになるかもしれませんね。

真澄 先生、私、授業を楽しみにしています。本当に楽しみにしています。

真澄が去る。優子がやってくる。

優子 やるの、授業?

新庄先生 まだわからない。突然のことだから。

優子 その顔は、もうやる気になってるんじゃない?

新庄先生 君はどう思う。やった方がいいかな。

優子 どう答えてほしいの? 私には、あなたの望む答えしかできないわ。私はあなたの頭の中にいるんだから。

新庄先生 しかし、私には君が見える。こうやって話もできる。

優子　それは、あなたがそうしたいと思ってるからよ。
新庄先生　帰ってきてほしい。
優子　残念だけど、無理よ。私はもう死んだの。
新庄先生　わかっている。でも、帰ってきてほしい。
優子　あなたが会いたいと思った時は、いつでも会えるわ。
新庄先生　しかし、誰かが来たら、君は消える。
優子　仕方ないわ。あなたにはあなたの生活があるんだもの。たまきや真澄さんたちとの生活が。
新庄先生　彼らは、私がいなくても生きていける。
優子　でも、あなたに断れる？　真澄さんたちにとっては、あなたは今でも先生なのよ。
新庄先生　授業をしてからでも遅くはない。そう言いたいのか？
優子　そうね。あなたがそう思うなら。
新庄先生　（ポケットからガラスの壜を取り出して）飲むのは、もう少し後にするか。
優子　（頷く）

優子が去る。新庄先生も去る。

6

久美子がやってきて、ソファーに横になる。後から、酒田と尾花沢がやってくる。

尾花沢　久美ちゃん、何してるの。
久美子　お腹がいっぱいになったら眠くなっちゃって。十五分だけ昼寝させて。
尾花沢　ダメよ。あんたの昼寝が十五分で終わったためしがないじゃない。
久美子　おやすみなさい。
尾花沢　（すごんで）いい加減にしろよ。俺だって眠いんだ。
酒田　恐い。
久美子　わかったわよ。起きればいいんでしょう、起きれば。（と起き上がる）
酒田　尾花沢さん、ご馳走様でした。先生が羨ましいな。あんなにおいしい料理がいつも食べられるなんて。
久美子　だったら、お嫁にもらってやってくださいよ。（と机に向かう）
尾花沢　バカね。私が行くならお婿でしょう？（と机に向かう）
久美子　はいはい。酒田さん、どうですか。午前中で、十二ページ進みましたよ。

酒田　ネームだけじゃないですか。それに、正直に言うと、僕は戦国ラブストーリーの方が好きだな。この話は今一つ、盛り上がりに欠けるっていうか――

そこへ、真澄がやってくる。

真澄　さあ、続きやろうか。（と机に向かう）
酒田　先生、ちょっと質問してもいいですか？
久美子　またですか？　どうして食事中に聞かなかったんです。
酒田　あんまりおいしいから、食べるのに夢中になっちゃって。
真澄　で、質問て何。
酒田　この話、ひょっとして実話なんですか？
尾花沢　今頃気づいたの？　ちょっと鈍いんじゃない？
酒田　じゃ、（原稿を指して）この真澄は（真澄を指して）この真澄で、（原稿を指して）この尾花沢は――
尾花沢　そうよ、この私よ。原稿に描いてあるのは、全部本当にあったこと。
酒田　ということは、尾花沢さんも久美子さんも結末を知ってるわけですね？
久美子　知ってるから、先生が描きたいって言った時、賛成したんですよ。
酒田　で、結局、この新庄先生はどうなるんです？
尾花沢　何だかんだ言って、続きが気になるのね？

酒田　仕事ですから。先生、教えてくださいよ。結末だけ、チラッと。
真澄　教えたら、載せるって約束してくれる？
酒田　それはできません。最後までちゃんと読んでみないと。
真澄　だったら、順番に読んで。はい、次のページ。（と原稿を差し出す）
酒田　（受け取って）「それから一週間後。私たちは新庄先生の家に集まった。ついに、最初の授業の日がやってきたのだ」

三月十一日、夕。新庄先生の家のリビング。
鶴岡・史恵・たまきがやってくる。真澄も含めて、四人が椅子に座る。後から、新庄先生がやってくる。本を六冊持っている。

鶴岡　起立、礼、着席。
真澄　ついやってしまった。
新庄先生　（鶴岡に）学校じゃないんだから、起立、礼は必要ないんじゃないですか？
鶴岡　俺は必要だと思います。やった方が、「さあ、勉強するぞ」って気持ちになるし。
史恵　賛成！
新庄先生　じゃ、やることにしますか。授業を始める前に、本を配ります。この本を、みんなで少しずつ読んでいきましょう。英語に慣れるには、原文にあたるのが一番ですからね。（と本を配る）

鶴岡　（受け取って）『トレジャー・アイスランド』？

新庄先生　『Treasure Island』、『宝島』です。ロバート・ルイス・スティーブンソンが一八八一年に書いた作品です。

史恵　私、小学生の時に読みました。子供向けの挿絵入りのヤツですけど。

真澄　（鶴岡に）天童君、どうしたのかな。

たまき　さっき電話があって、ちょっと遅れるそうです。

鶴岡　初日に遅刻か。あいつらしいよ。

新庄先生　授業中ですよ。私語は慎んでください。

鶴岡　すみません。

新庄先生　もし発言する時は、英語でしてください。“Practice makes perfect.”

鶴岡　え？

たまき　「習うより慣れろ」って言ったんです。

新庄先生　授業を進める時も、どんどん英語を使っていきます。とにかく、実際にしゃべってみないことには、身につきませんからね。So, Mr. Tsuruoka, please introduce yourself to me.

鶴岡　え？

たまき　「自己紹介してください」って。

鶴岡　あー、僕はパティシエです。

新庄先生　English, please.

鶴岡　あー、アイ・アム・パティシエ。（史恵に）パティシエは英語じゃなかったっけ？

史恵　フランス語。
新庄先生　（鶴岡に）構いませんよ。どうぞ、続けて。
鶴岡　あー、アイ・アム・ジャパニーズ。
史恵　それは見ればわかる。
新庄先生　Be quiet. Mr. Tsuruoka, please go on.

そこへ、天童がやってくる。授業の様子を見て、そっと帰ろうとする。

真澄　こら、天童。何、帰ろうとしてるんだよ。
天童　いや、大変なことになってるから。
鶴岡　逃げるな。おまえも参加しろ。
天童　俺にはこんな授業、無理だって。
新庄先生　でも、イギリスの女性とメール交換をしてるんでしょう？（と本を差し出す）
天童　（受け取って）え？　ああ、あれは辞書を引きながら書いてるんで。
新庄先生　そうか、辞書はあった方がいいですね。Miss Tamaki, please bring one.
たまき　Yes, teacher. Everybody, just a moment.

たまきが去る。

酒田　あー、胃が痛くなってきた。僕、英語は苦手だったんですよ。このたまきって子、よくついていけますね。
尾花沢　彼女は現役の大学生なのよ。しかも、英文科。
酒田　なるほどね。先生も、英語は結構できるんでしょう？
真澄　正直に言おう。私の成績はいつも赤点ギリギリだった。
酒田　それじゃ、先生も胃が？
真澄　最初の授業は、吐きそうだった。でも、必死で我慢したよ。先生に元気を出してもらうためだもの。
酒田　（原稿を読む）「さらに一週間後。二回目の授業」

天童が去る。
三月十八日、夕。新庄先生の家のリビング。
たまきがやってくる。たまきを含めた生徒たちが、本を声に出して読む。

生徒たち　“Bravo! the ship's company complete!” “Oh, sir,” I cried, “when do we sail?” “Sail!” he says. “We sail tomorrow!”

そこへ、千登勢がやってくる。

千登勢　まあまあ、熱心にやってるじゃない。そろそろ休憩にしたら？

新庄先生　この部屋は、今は教室なんだ。気安く入ってこられては困る。

千登勢　固いこと言わないでよ。（史恵に）今日は、あのうるさい人は？

史恵　天童さんはお休みです。お店が忙しいそうです。

千登勢　そう。（真澄に）あなたも忙しいんじゃないの？　読んだわよ、あなたの本。『颪走る』だっけ？　とってもおもしろかった。

真澄　わざわざ買ってくださったんですか？

千登勢　ううん。たまきちゃんに借りたの。この子、あなたの本、全部持ってるのよ。

たまき　あれは真澄さんにもらったのよ。新しい本が出るたびに、送ってくれるの。

千登勢　へえ。じゃ、兄さんも読んでるの？　どうせ読んでないんでしょう？　ダメよ、読まなくちゃ。

真澄　いいんですよ。先生が漫画が苦手だってことは知ってますから。

新庄先生　千登勢、用がないなら、向こうへ行きなさい。

千登勢　（鶴岡に）そうそう、この前のケーキ。あれもメチャクチャおいしかった。来月、娘の誕生日なんだけど、お願いしてもいいかしら。

鶴岡　いいですよ。娘さんはお幾つなんですか？

千登勢　中二なの。あ、でも、やっぱりいいわ。今年は一緒に食べられそうもないから。

たまき　叔母さん、まさか来月もここにいるつもり？

千登勢　当たり前でしょう？　私の家はここなんだから。

たまき　でも、それじゃ、律子ちゃんがかわいそうよ。自分の誕生日にお母さんがいないなんて。
新庄先生　（千登勢に）おまえも意地を張るのはやめて、そろそろ帰ったらどうなんだ。
千登勢　でも、私がいなくなったら、兄さんが困るでしょう？
新庄先生　自分の世話ぐらい、自分でできる。
千登勢　よく言うわよ。家事を全部たまきちゃんに押しつけてたくせに。
たまき　私は好きでやってたの。
千登勢　いいのよ、無理しなくて。たまきちゃんには大学があるじゃない。
たまき　心配してくれるのはありがたいけど、本当に私たちは大丈夫。お母さんがいなくなってから、ずっと二人でやってきたんだから。
千登勢　もっと早く来ればよかったわね。そうすれば、たまきちゃんに苦労させずに済んだのに。
酒田　ダメだ。この叔母さん、人の話を全く聞いてない。（原稿を読む）「さらに一週間後、昼過ぎ」

新庄先生・鶴岡・史恵・たまき・千登勢が去る。
三月二十五日、昼。真澄のスタジオ。
天童がやってくる。ビールケースを持っている。

天童　毎度。ご注文のビール、お届けに上がりました。
尾花沢　わざわざ持ってこさせて、ごめんなさいね。今、修羅場なのよ。

酒田　あ、また尾花沢さんが出てる。ずるいな、僕も出してくださいよ。
久美子　出せるわけないでしょう？　酒田さんはいなかったんだから。
天童　長井、ビールは台所でいいのか？
尾花沢　私が持っていくわ。天童さんはゆっくりしてて。

尾花沢がビールケースを持って去る。

久美子　（真澄に）尾花沢さん、天童さんには優しいですよね。
天童　やめてくれよ。男に好かれてもうれしくないぞ。
真澄　あんた、今日は授業に出るんでしょうね。
天童　ああ、今日だったっけ。たぶん行けるんじゃないかな。
真澄　たぶんじゃなくて、絶対に来なさいよ。二回続けて休んだら、先生が変に思うじゃない。
天童　先週はマジで忙しかったんだ。おまえ、それを言うために、わざわざビールを注文したのか？
真澄　そうじゃないけど。
天童　あんまり熱くなるなよ。俺にも鶴岡にも、自分の仕事があるんだ。全員が揃わなくても、授業はできるだろう？
真澄　そんなふうに思ってたら、いつかは誰も来なくなるよ。
天童　今日は行くって。じゃ、俺、次の配達があるから。

久美子　ありがとうございました。

天童が去る。すぐに尾花沢がやってくる。

尾花沢　あれ、天童さんは？
久美子　帰ったわよ。
尾花沢　え？　残念。
久美子　先生、今日も授業に行くんですか？
真澄　行くよ、もちろん。どうして？
久美子　だって、昨夜からろくに寝てないじゃないですか。
真澄　平気だよ。私が言い出したことなんだから、私が休むわけにいかない。
尾花沢　久美ちゃん、放っときなさい。気が済むまでお節介させとけばいいのよ。
真澄　お節介だと？
尾花沢　新庄先生が心配なんでしょう？　何かしたくて堪らないんでしょう？　そういうのを、世間ではお節介っていうんです。
真澄　そうかもしれない。でも、私は、見て見ぬフリをしたくないんだ。
酒田　（原稿を読む）「週に一度の授業が何の役に立つのか。私にも自信がなかった。しかし、授業が続く限り、先生は生きていてくれる。そう、自分に言い聞かせていた。その日の夕方、三回目の授業」

三月二十五日、夕。新庄先生の家のリビング。

新庄先生・鶴岡・史恵・天童・たまきがやってくる。

新庄先生 長井君。長井君、聞いてるんですか？

真澄 聞いてるよ！　あ、すいません。

天童 ボーッとするなよ。授業中だぞ。

新庄先生 まあ、いいでしょう。長井君、続きを読んでください。

史恵 （小声で真澄に）四十二ページの真ん中です。

真澄 I was sure he must be Long John. His left leg was cut off close by the hip, and under the left shoulder he carried a ……

新庄先生 'crutch' です。松葉杖のことです。Please go on.

真澄 crutch, which he managed with wonderful 溺死体――

新庄先生 溺死体じゃありません。'dexterity' です。では、この単語がどういう意味か、辞書を引いてみてください。

生徒たちが辞書を引く。鶴岡は居眠りをしている。

史恵 （小声で）麓郎さん。麓郎さん。

鶴岡　（起きて）卵を持ってこい。
新庄先生　何ですか？
史恵　何でもありません。
天童　（鶴岡に）寝ぼけたんじゃないの、おまえ。
鶴岡　ああ、厨房の夢を見てた。
史恵　しっかりしてよ。
新庄先生　今日はここまでにしておきましょうか。みんな、疲れているようですから。
天童　俺は元気ですよ。先生、'dexterity'は「器用」って意味ですよね？
新庄先生　Good. 鶴岡君のことですね。授業中でも、夢が見られます。
鶴岡　すいません。もう起きました。
天童　先生、先に進みましょう。
新庄先生　では、史恵君、続きを読んでください。
史恵　はい。hopping about upon it like a bird. He was very tall and strong, with a face as big as a ham, plain and pale, but intelligent and smiling.
新庄先生　Very excellent!

7

酒田　（原稿を読む）「こうして、あっという間に一カ月が過ぎた。十五年ぶりの授業は、私にいろんなことを思い出させた。教室の窓から入ってきた風。先生の目を盗んで、友達に渡した手紙。午後の授業は眠くて仕方なかった。グランドから聞こえてくる、野球部のかけ声。満開の桜。あの頃は今よりずっと、季節の流れを感じていたような気がする。そして、四月一日」

四月一日、夕。新庄先生の家のリビング。
新庄先生が立っている。真澄・鶴岡・史恵・天童・たまきがソファーに座っている。

新庄先生　今日の授業はこれで終わりです。来週は、五十二ページから五十六ページまで読みます。必ず一回は目を通しておいてください。
五人　はい。
鶴岡　起立、礼。
五人　ありがとうございました。

天童　そう言えば、おまえ、いつの間に、号令係になったんだ？
史恵　最初の授業です。別に、係になったわけじゃないけど。
天童　なんか気持ち良さそうだよな。（鶴岡に）次は俺にやらせてくれよ。
鶴岡　イヤだ。
天童　いいじゃないかよ、一回ぐらい。
新庄先生　（テーブルの上の辞書を取って）天童君、忘れ物ですよ。天童君。

鶴岡・史恵・天童が去る。後を追って、新庄先生が去る。

真澄　たまきちゃん。あれから先生は旅行のこと何か言ってる？
たまき　いいえ、別に。
真澄　そう。じゃ、やっぱり延期したのかな。
たまき　そうだと思います。本の整理も、最近はしてませんし。
真澄　私たち、考えすぎだったのかもしれないね。無理に授業まで頼むことなかったのかも。
たまき　でも、私は楽しいです。大学の講義よりずっと。

そこへ、新庄先生が戻ってくる。

新庄先生　たまき、千登勢を呼んできなさい。

たまき　どうしたの？
新庄先生　山形君が来たんだ。（奥に向かって）どうぞ、入ってください。

そこへ、山形と律子がやってくる。

山形　お邪魔します。
たまき　いらっしゃい。
真澄　千登勢さんの旦那さん？
山形　山形響介と申します。これは娘の律子です。
律子　こんばんは。（と頭を下げる）
新庄先生　彼女は、私の教え子の長井君です。
真澄　（山形に）長井真澄です。新庄先生には高校時代からお世話になってます。
たまき　（山形に）今、叔母さんを呼んでくるからね。
山形　いや、まだいい。
たまき　どうして？　今日は叔母さんを迎えに来たんでしょう？
山形　心の準備ができてないんだ。もう少し待ってほしい。
新庄先生　相変わらず慎重な人ですね。ここまで来ておいて、心の準備もないでしょう。
山形　私の意思じゃないんです。律子がどうしても来たいって言うから。
律子　お父さん。

山形　もちろん、いつかは来ようと思っていました。でも、まだ早い気がして。
たまき　一カ月も経ってるのに？　叔母さん、待ちくたびれてるよ。
山形　一カ月やそこらで、あの怒りが納まるとは思えないんだ。
新庄先生　確かに、怒った時の千登勢はパワフルですね。エンジン全開になったら、もう誰にも止められません。
真澄　じゃ、私、そろそろ帰ります。先生、また来週。
たまき　ちょっと待ってください。律子ちゃん、話がしたいんじゃないの？
真澄　私と？
律子　いいえ、いいです。
たまき　せっかく会えたのに、遠慮しないの。さあ。
律子　（真澄に）握手してください。（と右手を出す）
真澄　どうも。（と握手する）
律子　ありがとうございました。
たまき　それだけ？　真澄さんの大ファンなんでしょう？
律子　（頷く）
山形　（真澄に）失礼ですが、作家さんですか？
新庄先生　作家という言葉が小説家を指しているのなら、違います。彼女は漫画を描いているんです。
山形　漫画家さんですか。ああいうお仕事は、大変なんでしょうね。
律子　何も知らないくせに、知ってるようなこと言わないで。

山形　おまえはどうなんだ。ただ読んでるだけだろう。

たまき　律子ちゃんは漫画家を目指してるのよね。真澄さんに憧れて。

山形　（律子に）そうなのか？　お父さんは初めて聞いたぞ。

律子　だって、なれなかったら恥ずかしいから。

真澄　そんなことないよ。言ったもん勝ちって言葉もある。

新庄先生　長井君はいつも公言してましたね。「私は漫画家になるんだ」って。卒業と同時にデビューを果して、有言実行のいいお手本になってくれました。

真澄　誉めてもらうほどのことじゃないですよ。

新庄先生　誉めてるんじゃなくて、事実を言ってるんです。

律子　わかりました。私も今日から、どんどん言うようにします。

真澄　がんばってね。

律子　今度、持ってる本にサインしてもらってもいいですか？

真澄　いいよ。良かったら、仕事場に遊びに来れば？

律子　いいんですか？

山形　しかし、ご迷惑になるでしょう。律子、お断りしなさい。

律子　でも。

山形　漫画家になるには才能が必要なんだ。おまえなんかになれるわけない。

新庄先生　いくら父親でも、決めつけるのはよくない。なりたいと思う気持ちだって、立派な才能ですよ。

山形　しかし、千登勢はこの子を教師にしたいと言ってるんです。漫画家なんて言ったら、怒るに決まってます。
新庄先生　君も律子君を教師にしたいんですか。
山形　私は別に。私はこの子が幸せになってくれれば、それでいいんです。
たまき　もしかして、喧嘩の原因は律子ちゃんのこと？
山形　そうじゃない。いや、その可能性がないとは言えないが、はっきりしたことはわからない。だから、困ってるんだ。

そこへ、千登勢がやってくる。山形と律子に気づき、物陰に隠れる。

酒田　あれ、この人、どうして隠れるんですか？
久美子　決まってるでしょう？　旦那さんの話を盗み聞きするつもりなんですよ。
尾花沢　迎えに来てほしかったくせに。全く素直じゃないわね。
新庄先生　（山形に）それじゃ、君には何の心当たりもないんですか？　千登勢がなぜ怒ったのか。
山形　いや、逆です。心当たりはありすぎるほどある。だから、一つに絞れないんです。
たまき　たとえば？
山形　たとえば食事の時です。私は味には疎い男なんで、何が出てきても文句は言いません。千登勢にはそれが気に入らないんです。うまいのかまずいのか、はっきりしろって言うんです。

たまき　とにかく、「おいしい」って言っちゃえば良かったのに。
山形　そうすると怒るんだ。「心がこもってない」って。
真澄　他には？
山形　仕事で遅くなる時は電話しろって言われてるんですけど、どのタイミングですればいいのか迷ってしまうんです。残業が決まった時なのか、帰る時なのか、駅に着いた時なのか。
真澄　それは、千登勢さんに聞いてみたらいいんじゃないですか？
山形　聞くと怒るんです。「自分で考えろ」って。でも、残業がいつから始まるかなんてわからないでしょう。気づいたら九時だったってこともあります。そんな時は、どうしたらいいんですか？
千登勢　だから、自分で決めろって言ってるじゃない。
山形　うわー！（と逃げる）
千登勢　何してたのよ、一カ月も。
山形　いや、だから、それはつまり。
たまき　会社が忙しかったんでしょう？
千登勢　電話の一本もかけられないほど？　どうなのよ、響介。
山形　悪かったと思ってる。
千登勢　何が悪かったの？　言ってみなさいよ。私が怒ってる理由は何なのよ。
新庄先生　喧嘩腰で話すのはやめなさい。おまえがそんな調子だと、山形君は何も言えなくなるじゃないか。

千登勢　この人はいつもこうなの。私がいくら優しくしたって同じなんだから。
たまき　もう少し冷静になってよ。叔父さんは、叔母さんを迎えに来たのよ。
千登勢　（山形に）そうなの？
律子　お母さんに帰ってきてほしいんだって。
千登勢　ごめんね、律子。お母さんはお父さんと話がしたいの。
律子　帰ってきてよ。
千登勢　あんたの気持ちはわかるけど、私にはお父さんが許せないのよ。
新庄先生　つまり、山形君に謝ってほしいんだな？　しかし、理由もわからずに謝っても、何の解決にもならないと思うが。
千登勢　（山形に）本当にわからないのね？　理由が。
山形　（頷く）
千登勢　あなた、プロポーズの時に何て言った？　優柔不断なところは直すって言ったわよね？　困るとすぐに黙る癖も、すぐに「わからない」って言う癖も、必ず直す、だから結婚してくれって言ったんじゃなかった？　違う？
山形　（首を横に降る）
千登勢　結婚してから、どれか一つでも変わった？　十五年も経ってるのに、ちっとも変わってないじゃない。
山形　それはそうかもしれないが――
千登勢　私は十五年も我慢してきたのよ。もう限界なの。わかる？

新庄先生　十五年も我慢できたんだ。あと五年ぐらいは我慢できるんじゃないか？
千登勢　何が言いたいわけ？
新庄先生　離婚するもしないも、おまえの自由だ。私も無理に止めはしない。しかし、律子君が成人するまでは、待つべきだ。律子君の気持ちも考えなさい。
千登勢　考えてるわよ、私だって。
新庄先生　もっと頭を冷やしなさい。山形君、今日のところは帰ってもらった方がいいようです。
山形　しかし……。
律子　わかりました、帰ります。お父さん。
真澄　待って、私も帰る。
新庄先生　では、そこまで送りましょう。
千登勢　兄さん、夕食の仕度、できてるからね。冷めないうちに、サッサと食べてよ。あ、そう言えば、これは何？（とポケットからガラスの壜を出して）本棚の奥に置いてあったけど。
新庄先生　触るんじゃない！（と壜を奪い取る）
千登勢　何よ、いきなり大きな声を出して。
新庄先生　……優子が使ってた香水だ。
千登勢　やっぱりそうなんだ。私がもらってもいい？　どうせ使わないでしょう？
新庄先生　これだけはダメだ。私の部屋に勝手に入るのはやめてくれ。
千登勢　そんなに怒ることないでしょう？　せっかく掃除してあげたのに。
新庄先生　言っただろう。自分の面倒は自分で見る。

千登勢　ああ、そうですか。律子、元気でね。今度はあんた一人で来なさい。

千登勢が去る。山形・律子・真澄・たまきも去る。新庄先生はガラスの壜を見つめ、去る。

酒田　奥さんの香水をいつまでも手元に置いておきたい。ロマンチックだな。
久美子　何がロマンチックですか。酒田さん、意外と単純なんですね。
酒田　どうしてですか?
久美子　壜の中身が香水だとは限らないでしょう?
酒田　じゃ、何なんです?
尾花沢　新庄先生の涙よ。優子さんを思い出す度に流してきた。
酒田　ますますロマンチックじゃないですか。
尾花沢　バカね。涙をどうやって壜に集めるのよ。
酒田　は?
久美子　嘘に決まってるじゃないですか。本当に単純なんだから。
酒田　じゃ、中身はやっぱり香水なんですか?
久美子　それが知りたかったら、続きを読む。
酒田　(原稿を読む)「それから一週間後。私のスタジオに、三人の見学者がやってきた」

8

四月八日、昼。真澄のスタジオ。
真澄に案内されて、新庄先生・山形・律子がやってくる。

律子 （尾花沢と久美子に）こんにちは。
山形 （尾花沢と久美子に）お仕事中にお邪魔しちゃって、申し訳ありません。
尾花沢 いいんですよ。今はあんまり忙しくないから。
久美子 先生、私、お茶をいれてきます。
新庄先生 いや、どうぞお気遣いなく。一通り見学したら、すぐに帰りますから。
山形 すいませんでした、義兄さんまで無理やり引っ張ってきちゃって。私は漫画の世界のことは何も知らないから、とっても不安で。
新庄先生 何も知らないのは、私も同じです。まあ、すぐ近所ですから、散歩に出たと思えば。
真澄 好きなだけ散歩してってってください。一周するのに三分もかからないだろうけど。律子ちゃん、本、持ってきた？
律子 はい。（と鞄から本とペンを取り出す）
真澄 （受け取って）ペンまで持ってこなくても良かったのに。（とサインする）
山形 （覗き込んで）へえ、漫画家さんのサインて、やっぱり漫画なんですね。
真澄 いいえ、名前もちゃんと書きます。でも、字が下手だから、漫画でごまかすんです。
山形 本当に下手ですね。あ、ごめんなさい。
真澄 はい、できた。（本とサインペンを律子に返す）

山形　律子、お礼を言いなさい。
律子　（真澄に）ありがとうございました。
真澄　好きなだけ見てってね。わからないことがあったら、何でも聞いて。
律子　はい。
久美子　先生、私が案内しましょうか？
新庄先生　本当にお気遣いなく。どうぞ、仕事を続けてください。
久美子　え？　あの……。
新庄先生　あ、すみません。先生というのは、私じゃなくて、長井君のことですね？
尾花沢　何だか紛らわしいわね、先生が二人もいると。じゃ、（真澄に）先生のことは「先生」って呼んで、（新庄先生に）先生のことは「先生の先生」って呼ぶのはどう？
久美子　反対。ますます紛らわしい。
真澄　（新庄先生に）すいません、バカばっかりで。
新庄先生　いえ、最初に間違えたのは私ですから。しかし、アシスタントのお二人にとって、長井君は先生なんですね。ちょっと感動しました。
真澄　私が呼べって言ったんじゃないですよ。この世界では習慣になってるんです。全然尊敬してなくても、そう呼ぶんです。
尾花沢　（新庄先生に）私たちは心の底から尊敬してますけどね。
律子　（原稿を見て）うわー！
尾花沢　何、何、何？

律子　こんなに細かい所まで手描きなんですね。
尾花沢　凄いでしょう？　でも、大声出すのはやめてね。原稿に唾が飛ぶから。
律子　ごめんなさい。
久美子　（尾花沢に）ケチ臭いこと言わないの。（律子に）アシスタントがみんなこんな人間だと思わないでね。
尾花沢　こんな人間て、どんな人間よ。
酒田　心はおばさんなのに、体はおじさんて人間ですよ。
尾花沢　何だと、こら。
山形　（真澄に）一つお聞きしてもいいですか？
真澄　どうぞどうぞ、幾つでもどうぞ。
山形　旦那さんはどんなお仕事をなさってるんですか？
新庄先生　山形君、彼女はまだ独身ですよ。
山形　そうなんですか？（真澄に）失礼しました。
真澄　気にしないでください。普通は結婚してていい歳ですから。
新庄先生　いっそのこと、天童君と結婚したらどうですか。
尾花沢　え？　天童さんと？
真澄　先生、マジメな顔で冗談を言わないでください。尾花沢君が本気にします。
尾花沢　え？　今のは冗談だったんですか？
新庄先生　ええ。あまりおもしろくなくて、すみません。（真澄に）しかし、彼には君ぐらいしっかりした人がいいと思います。君のためにはならないでしょうが。

律子が一度去り、すぐに戻ってくる。ハガキを持っている。

律子　あの、今、郵便屋さんが手紙を。(とハガキを差し出す)
久美子　ありがとう。(と受け取って)先生、机の上に置いときましょうか?
真澄　ううん、今、読む。(と受け取って)ありがとう。
山形　ひょっとして、ファンレターですか?(と覗き込む)
真澄　違いますよ。(と隠して)ファンレターは編集部に届くんです。私の住所は公開してないから。
久美子　(尾花沢に何か囁く)
尾花沢　え?　前の彼氏から?
久美子　(小声で)バカ!
尾花沢　今さら何の用があるのよ。半年も前に別れたのに。
久美子　バカバカバカ!
真澄　いいよ、久美ちゃん。見られちゃったんなら、隠してもしょうがない。(とハガキを出して)結婚したんだって、あの人。
尾花沢　え?　もう?
真澄　相手は十も年下。かわいくて、まじめそうな子だよ。(とハガキを差し出す)

尾花沢　（受け取って）イヤだ、本当にかわいい。でも、たったの半年で別の子と結婚するって、どういうこと？　まさか、二股かけてたの？

真澄　違うと思うよ。そんな器用なことができる男じゃない。

久美子　ずいぶん落ち着いてますね。こんなことされて、腹が立たないんですか？

真澄　あの人は、一日も早く家庭が作りたかったんだよ。でも、私はそうじゃなかった。だから、別れたんだ。私が怒る理由なんか、どこにもないよ。

尾花沢　カッコつけちゃって。本当は淋しいんじゃないの？

真澄　まあ、少しは。もういいだろう、この話は。

山形　忘れましょう。あなたにふさわしい男は、他にいくらでもいますよ。

真澄　はあ。

山形　焦って結婚することはありません。結婚したって、別れる夫婦はいくらでもいるんですから。あぁっ。（と胸を押さえる）

律子　どうしたの、お父さん？

山形　何でもない。自分の言葉が胸に突き刺さったんだ。

律子　大丈夫だよ。まだ望みはある。

山形　どうしてそんなことが言えるんだ。

律子　だって、お母さん、怒ってたじゃない。本当にお父さんが嫌いになったら、怒ったりしないよ。

新庄先生　（山形に）律子君の意見は正しいと思います。千登勢はまだ君に未練がある。未練がなければ、会おうとさえしなかったはずです。

山形 そうでしょうか。

尾花沢 何、何？　山形さんとこのご夫婦、モメてるの？

酒田 あなたって人は、どうしてこういう話になるとウキウキするんですか？

尾花沢 だって、好きなんだもの。別居とか離婚とか慰謝料とか聞くと、血が騒ぐの。

酒田 もしかして、世の中の夫婦はみんな別れればいいと思ってませんか？

尾花沢 うん、少し。

真澄 （山形に）でも、夫婦って、大変なんでしょうね。赤の他人が一緒に暮らすんだから。

新庄先生 そう思うから、結婚よりも仕事を優先したんですか？

真澄 いいえ。私の場合は、漫画を描くのが好きだっただけで。

新庄先生 私も若い頃はそうでした。教師の仕事が大好きで、結婚なんか考えたこともなかった。優子と出会うまでは。

山形 そうだったんですか？

新庄先生 ある時、教科書の中に、イギリス絵画を題材にした話が出てきましてね。私は絵画については全くの門外漢だったので、勉強のために、近所の美術館に行ったんです。砧公園の中にある、世田谷美術館です。

真澄 そこで、優子さんが働いてたんですよね。

新庄先生 何も知らない私のために、熱心に説明をしてくれました。でも、外へ出ると、話の中身は何も覚えていなかった。頭の中は、優子の顔でいっぱいだった。

山形　それはいわゆる、一目惚れというヤツですね？

新庄先生　だから、私は次の日も美術館へ行った。その次の日も行った。でも、その次の日は行かなかった。

真澄　なぜです？

新庄先生　休館日だったんです。でも、その次の日は行った。結局、一週間通い続けて、やっと優子に交際を申し込みました。（真澄に）君もいつかはそんな人に出会うかもしれない。今はじっくり仕事をすればいいんです。

真澄　はい。

山形　律子、長井さんに作品を見てもらうんじゃなかったのか？

律子　今日はいい。

真澄　どうして？　遠慮しなくていいんだよ。

山形　（律子に）昨夜も遅くまで描いてたじゃないか。見てもらいなさい。

律子　こんな絵じゃダメだから。

尾花沢　わかった。先生の生原稿を見て、ビックリしたのね？

律子　（頷く）

真澄　じゃ、また次の機会ってことにしようか。これって作品が描けたら、いつでも持ってきて。

律子　はい。

新庄先生　山形君、そろそろお暇することにしましょうか。

山形　そうですね。（真澄に）今日は、本当にありがとうございました。

新庄先生　どうもお邪魔しました。
真澄　先生、私も一緒に行きます。
新庄先生　しかし、授業まで、まだ時間がありますよ。
真澄　じゃ、もう少し散歩できますね。久しぶりに、砧公園に行きませんか？
新庄先生　いいですね。行きましょうか。
律子　（尾花沢と久美子に）お邪魔しました。
久美子　律子ちゃん、またね。

新庄先生・真澄・山形・律子が去る。

9

酒田　（原稿を読む）「それから、私は先生と砧公園へ行った。桜はすでに散り始めていたが、空は青く澄み渡っていた。『絶好の散歩日和ですね』と、先生が笑った。先生の笑顔を見るのは、本当に久しぶりだった。が、美術館の前に来ると、先生はなぜか黙ってしまった。優子さんとの思い出の場所に近づくのは、まだ抵抗があるのだろうか。でも、もう少しだ。もう少しで、先生は元通りになる。もう少し、授業を続ければ」

四月八日、夕。新庄先生の家のリビング。
新庄先生と真澄がやってくる。反対側から、史恵がやってくる。

史恵　お帰りなさい。
真澄　早いね。鶴岡君も一緒？
史恵　いいえ、遅くなるって言ってました。予約がいっぱい入ってるから。
新庄先生　流行ってるんですね。鶴岡君の腕がいいせいでしょう。
史恵　私はそう思ってます。この前、雑誌にも載ったんですよ。「ホテルのレストランのパティシエたち」っていう特集で。

真澄　へえ、知らなかった。今度その記事、見せて。

史恵　麓郎さんには内緒で持ってきます。あの人、恥ずかしがるんで。

新庄先生　ニューヨーク行きの話はどうなってるんですか？

史恵　それが、まだ全然なんです。せっかく勉強してるのに。

真澄　でも、上達してるのは史恵ちゃんだけだよね。

　　そこへ、たまきと千登勢がやってくる。二人は本と辞書を持っている。

千登勢　真澄さん、今日はすいませんでした。律子たち、ご迷惑かけなかった？

真澄　いいえ、とってもお行儀よくしてましたよ。

たまき　叔母さん、ずっと気にしてたの。一緒に行けばよかったのに。

千登勢　イヤよ。響介の顔なんか見たくもない。マイ・マリッジ・イズ・ミスポイント。

新庄先生　相変わらず、ひどい発音だ。

千登勢　でしょう？　だから、私も授業に参加することにしたわ。

新庄先生　何だって？

千登勢　あら、その顔は何？　私が参加したら、迷惑？

新庄先生　そんなことはないが、なぜおまえが英語を？

千登勢　みんなが授業をやってる間、私は一人ぼっちじゃない？　そんなの淋しいし、私も一度は兄さんに習ってみたかったし。さあ、授業スタート。

新庄先生　まだ早い。鶴岡君も天童君も来てないし、六時までまだ七分もある。

真澄　相変わらず、時間に厳しいですね。(史恵に) 先生はね、チャイムが鳴り始めると同時に教室に入ってきたの。で、鳴り終わると同時に、授業を始めてたんだ。

史恵　じゃ、職員室を出るのは？

新庄先生　一番近い三年A組は一分前。B組は一分十秒前、C組は一分二十秒前。

史恵　本当に几帳面だったんですね。

新庄先生　そのかわり、授業の延長は一切しませんでしたよ。たとえ、話の途中でも。

真澄　そのかわり、早く終わることもなかったけどね。

史恵　こんなまじめな先生に一年間も習ったのに、どうして英語が身につかなかったんですか？

真澄　私は部活をやるために学校に行ってたから。

たまき　漫画研究会でしょう？　父が顧問をしてたんですよね。真澄さんて、その頃から漫画家を目指してたんですか？

真澄　二年の途中までは美術部だったんだけど、絵より漫画がやりたくなっちゃって。だから、天童君と鶴岡君を説得して、三人で作ったんだ。

千登勢　じゃ、あの人たちも昔は漫画を描いてたわけ？

真澄　天童君は読む専門でした。鶴岡君は手先が器用だから、ベタやトーンを手伝ってくれました。

新庄先生　(千登勢に) 天童君は、もともと野球部だったんだ。しかし、上級生と喧嘩して、退部させられた。

史恵　相手は入院したって聞きましたけど。
真澄　天童君は正真正銘の問題児だったんだよ。落第しそうになったこともあるぐらい。いや、あれは私たち三人とも危なかったのか。
千登勢　何々？　どういうこと？
真澄　二学期の初めに、天童君のお父さんが入院したんです。配達の途中で事故に遇って、腰の骨を折って。天童君はお店の手伝いをするために、かなり頻繁に学校を休みました。それで、三学期が終わる頃には、出席日数が足りなくなったんです。
新庄先生　私は彼に卒業してもらいたかった。しかし、校長は特例を認めるわけにはいかないと言った。
千登勢　それで、天童さんはどうなったの？
新庄先生　彼を助けるために、長井君が期末テストをボイコットすると言い出したんだ。テストの前日、クラスメートを集めて。

天童と鶴岡がやってくる。二人とも学生服を着て、鞄を持っている。

鶴岡　待てよ、天童。
天童　うるさい。ついてくるな。
酒田　うわー、学生服を着てる。何じゃこりゃ。
久美子　回想シーンです。よく見てください。二人とも、若返ってるでしょう？
酒田　そうかな。

天童　（鶴岡に）長井もバカだよな。いきなりあんなこと言ったって、誰も賛成するわけないのに。

鶴岡　まだわからないよ。少なくとも、俺はやる。

天童　おまえもバカだな。いいか、俺は卒業なんかできなくてもいいんだ。こんな学校、こっちから辞めてやるよ。

真澄　本気で言ってるの？

天童　落第したら、また一年間、学校に行かなくちゃいけなくなる。親父もまだ腰が痛むって言ってるし、おふくろも喜ぶよ。

真澄　あんたこそバカよ。息子が中退して、喜ぶ親がいると思う？

天童　偉そうなこと言うな。おまえは漫研のメンバーが中退したらまずいと思ってるんだろう？

鶴岡　違うよ。長井はおまえのことを心配して——

天童　余計なお世話だ。とにかくボイコットなんてやめとけ。そんなことしたら、おまえらまでとばっちり喰うぞ。退学になってもいいのか？

真澄　いいよ。天童君を落第させるような学校に、私もいたくない。

天童　救いようのないバカだな。

鶴岡　待てよ、天童。

天童と鶴岡が去る。

酒田　（原稿を読む）「そして次の日の朝。私はいつも通りに家を出た。が、学校には行かずに、

真澄　砧公園に向かった」（真澄に）どうして公園なんかに？　僕は学校をサボった時は、いつも映画館に行きましたけど。
酒田　私は映画館より、公園が好きだっだ。砧公園には、美術館もあるし。「私は美術館の中庭に座って、空を見上げた」

真澄が座る。そこへ、鶴岡がやってくる。隣に座る。

鶴岡　待ったか？
真澄　待ってないよ。
鶴岡　俺、学校に行ってきたんだ。もう一度、みんなを説得しようと思って。でも、誰も聞いてくれなかった。ダメだな、俺は。うまくしゃべれなくて。
真澄　しょうがないよ。
鶴岡　（時計を見て）今頃は英語か。新庄先生、どう思ってるかな。
真澄　先生は関係ないでしょう？

そこへ、天童がやってくる。

天童　本当にバカだな、おまえら。
真澄　バカで結構。

天童　今からでも遅くない。学校に行けよ。俺なんかのためにこんなことするな。
真澄　あんたのためじゃないよ。私がやりたくてやってるの。
天童　ほら、立て、鶴岡。
鶴岡　イヤだ。俺はここにいる。
天童　殴るぞ。ほら、立てってば。

そこへ、新庄先生がやってくる。

新庄先生　やっぱりここにいたんですか。
鶴岡　先生。
天童　先生、こいつらは悪くないんです。俺が二人を無理やり巻き込んだんです。
新庄先生　私が聞いた話と違いますね。しかし、そんなことはどうでもいい。早く学校に行って、テストを受けなさい。
真澄　それはできません。いくら先生の言うことでも、今日だけは聞けません。
新庄先生　私はもう教師ではありません。たった今、辞表を出してきました。
天童　どうして。
新庄先生　私の考えと校長の考えが食い違ってしまった結果です。仕方ありません。私の辞表と引き換えに、君たちの行動には目をつぶってくれと言っておきました。天童君の出席日数も。
鶴岡　じゃ、天童は卒業できるんですか？

新庄先生　テストを受ければの話です。さあ、学校に行きなさい。
天童　やめてください、先生。いや、先生を辞めるのはやめてください。どうして俺のために先生が辞めなくちゃいけないんですか。
新庄先生　君のためじゃありません。あくまでも私の意思で決めたことです。
鶴岡　長井と同じこと言ってる。
真澄　（新庄先生に）先生を辞めさせるような学校なら、なおさら行きたくありません。
新庄先生　君に相談もしてもらえないような男に、教師の資格などない。こんなことをする前に、なぜ私に言ってくれなかったんです。
鶴岡　長井は、先生に迷惑をかけたくなかったんですよ。
新庄先生　生徒に迷惑をかけられるのも、教師の仕事の一つです。つまり、長井君にとって、私は教師ではなかった。違いますか。
天童　長井を責めないでください。悪いのは俺なんですから。俺、何でもしますから。
新庄先生　では、テストを受けると約束してくれますか。
天童　……。
新庄先生　君たちを卒業させることが、私の最後の仕事なんです。
天童　わかりました。学校に行きます。
新庄先生　（真澄と鶴岡に）君たちも行きなさい。
真澄　先生。勝手なことをして、すいませんでした。
新庄先生　謝るのは私の方です。もっと早く、こうするべきでした。君が思い詰める前に。さあ、行

酒田　きましょう。

（原稿を読む）「結局、私たちは無事に卒業できた。ただし、一週間の補習を受ける羽目になったが。しかし、そのおかげで、天童君は卒業に必要な出席日数を獲得することができた。新庄先生も辞めずに済んだ。校長先生は、決まりを守ることよりも、新庄先生を辞めさせないことを選んだのだ」

四人が歩き出す。新庄先生と真澄は立ち止まる。鶴岡と天童は去る。

千登勢　たまきちゃんはその頃、五歳だったでしょう？　兄さんが学校を辞めようとしたこと、覚えてる？

たまき　全然。叔母さんは？

千登勢　私は当時、新婚だったのよ。だから、初耳。

史恵　その頃の写真て、残ってないんですか？

たまき　ありますよ。お父さん、史恵さんにアルバムを見せてもいい？

新庄先生　いや、あと一分で授業開始だ。

千登勢　いいじゃない、鶴岡さんも天童さんも来てないんだし。行こう、行こう。

久美子　あー、お腹空いた。今度という今度は限界。

尾花沢　もう少し待って。あとちょっとでこのページが終わるから。

久美子　待てない。自分で作る。

尾花沢　それだけはやめて。あんたに料理されたら、食材がかわいそう。
酒田　そこまで言われると、食べてみたい気がするな。死んじゃうかな。

酒田・尾花沢・久美子が去る。真澄・史恵・たまき・千登勢も去る。新庄先生がポケットからガラスの壜を取り出す。そこへ、優子がやってくる。

優子　あなたはアルバム、見に行かないの？
新庄先生　写真なんか見なくても、君には会える。
優子　でも、昨夜は会わなかったじゃない。私のこと、思い出さなかったんでしょう？
新庄先生　授業の準備が忙しかったんだ。
優子　やっぱり、あなたは授業をしてる方がいいのよ。顔色もすっかり良くなってきたし。
新庄先生　昼間、砧公園に行ってきた。君と初めて会った日のことを思い出した。
優子　私が先に話しかけたのよね。あなたが困った顔をして、立ってたから。私が「どうしたんですか？」って聞いたら、顔を真っ赤にして、「私にイギリス絵画を教えてください」って。
新庄先生　真っ赤だったか？
優子　とってもかわいらしかった。だから、いろいろ説明してあげようと思ったのよ。
新庄先生　君に会うまで、私の暮らしはモノクロームだった。君のおかげで、赤や緑や水色があることを知ったんだ。
優子　それは私も同じよ。あなたのおかげで、私は幸せになれた。

新庄先生　違う。私が今日まで生きてこられたのは、君がいたからなんだ。
優子　そんなこと、私が生きてる時は一言も言ってくれなかったのに。
新庄先生　やっぱり、私は君がいなければダメだ。君がいなければダメなんだ。
優子　でも、たまきや真澄さんたちは、あなたに生きていてほしいのよ。

そこへ、たまきがやってくる。

たまき　お父さん。
新庄先生　（たまきを振り返る）
たまき　お父さんも一緒に見ない？　お母さんの若い頃の写真。

優子が去る。新庄先生はガラスの壜をポケットに入れる。

新庄先生　ああ、すぐに行く。
たまき　今、誰かと話をしてなかった？
新庄先生　そんなわけないだろう。誰もいないのに。

新庄先生が去る。後を追って、たまきも去る。

10

尾花沢がやってきて、ソファーに横になる。そこへ、久美子と酒田がやってくる。

久美子　何やってるんですか、尾花沢さん。
尾花沢　九時間も座りっぱなしだから、腰が痛くて。五分だけ休ませて。
久美子　今、たっぷり休んできたじゃない。夕御飯も食べて、お茶も飲んで。
尾花沢　その食事を作ったのは誰よ。お願い、腰揉んで。
久美子　イヤ。私の指は、ペンを握るためにあるんだから。
尾花沢　本当に可愛げのない女ね。
酒田　じゃ、僕が揉みましょうか？
尾花沢　あら、優しいのね。
酒田　そのかわり、教えてください。結局、新庄先生は自殺するんですか？
久美子　しつこいな。最後まで読めばわかるって言ってるじゃないですか。
酒田　淋しいんですよ。みんな結末を知ってるのに、僕だけ知らないなんて。
尾花沢　わかったわよ、教えてあげる。

久美子　尾花沢さん。
尾花沢　いいじゃない、結末ぐらい。（酒田に）新庄先生はね、ラストシーンで南極へ行くの。
酒田　どうして南極なんかに？
尾花沢　奥さんが亡くなる前に、約束したんだって。二人でオーロラを見に行こうって。オーロラが輝く空の下で、新庄先生は息絶えるの。奥さんの香水の壜を抱き締めて、たった一人で。
酒田　悲しい結末ですね。聞かない方が良かった。
久美子　酒田さん、あなた、単純ていうより、ただのバカでしょう？
酒田　え？

そこへ、真澄がやってくる。

真澄　何のんびりしてるの？　もう七時だよ。さっさと始めよう。
酒田　先生、尾花沢さんが僕をいじめます。
真澄　学級会じゃないんだから。それより、編集部には行かなくていいの？
酒田　大丈夫です。さっき、電話を入れておきました。今日はとことんまで長井先生に付き合うって。
久美子　ストーリーの変更は伝えたんですか？
酒田　今の段階では言えませんよ。やっぱり戦国ラブストーリーになるかもしれないし。
尾花沢　強情ね。こんなに私たちがんばってるのに、まだ気が変わらないの？

真澄　文句を言うのは、描き上げてからにしよう。はい、次のページ。（と原稿を差し出す）
酒田　（受け取って）これで三十八ページか。いつの間にか、半分を越えましたね。
真澄　ネームは絶対に今日中に完成させる。尾花沢君と久美ちゃんは、何とか二十ページまで仕上げて。
酒田　（原稿を読む）「四月十五日。早くも授業は六回目になった」

四月十五日、夕。新庄先生の家のリビング。
鶴岡・史恵・天童・たまきがやってくる。真澄も含めて、五人が椅子に座る。後から、新庄先生がやってくる。

天童　"Well, here it is," said Silver. "We want that treasure, and we'll have it — that's our point! You have a chart, haven't you?"
新庄先生　Good. Please translate into Japanese.
天童　Thank you.（と座る）
史恵　まだ座っちゃダメですよ。
天童　どうして。
たまき　先生は、「日本語に訳してください」って言ったんです。
天童　ああ、そうか。（と立ち上がり）「『つまり、こういうわけさ』。シルヴァーは言った。『俺らはあのお宝が欲しい。どんな手を使っても手に入れる。それが俺らの特徴だ。地図を持

新庄先生　ってるんだろ、さっさと出しな』」
Very good. 最後の一言は原文にはありませんが、よく感じが出ています。
天童　やった、誉められた。
新庄先生　しかし、'point'はこの場合、「特徴」ではなく、「目的」と訳した方がいいでしょう。
天童　でも、俺の辞書には「目的」なんて載ってませんでしたよ。
新庄先生　辞書にすべての意味が書いてあるわけではありません。前後の文章から判断して、最もふさわしい言葉を当てはめるんです。英語を話す時も同じです。ボキャブラリーが少ないことを恐れる必要はありません。君が知っている単語の中で、君が言いたいことに一番近いものを選べばいいんです。
鶴岡　なるほど。それを聞いて安心しました。
新庄先生　人に物を頼む時は、単語の後に'Please'をつけるだけで、通じます。たとえば、銀行で両替したい場合はどうでしょうか。Miss Masumi?
真澄　Exchange, please?
新庄先生　Good.
酒田　ミス・マスミ。クエスチョン・プリーズ。
真澄　酒田君まで英語にすることないだろう。しかも、「クエスチョン・プリーズ」って、「僕に質問してください」って意味だよ。
酒田　じゃ、アンサー・プリーズ。新庄先生は、どうして『宝島』を読むことにしたんですか?
尾花沢　奥さんが亡くなる前に、約束したんだって。二人で宝島に行こうって。

酒田　へえ、宝島って、実在するんだ。
久美子　どうしてそんなに簡単に信じるんですか。バカすぎて、全然おもしろくない。
酒田　すいません。（原稿を読む）「授業が終わり、私たちが帰ろうとした時のことだった」

鶴岡と史恵が去る。入れ違いに、千登勢がやってくる。

千登勢　ただいま。
たまき　お帰りなさい。
真澄　それじゃ、私たちも帰ります。
千登勢　ちょっと待って。相談に乗ってほしいことがあるの。急いでる？
真澄　いいえ、別に。何ですか？
千登勢　今日、英会話教室巡りをしてきたのよ。パンフレットをもらってきたから、どこがいいか、一緒に考えてくれない？
天童　ちょっと待ってください。話がよく見えないんですけど。
千登勢　だから、兄さんの再就職先よ。
新庄先生　誰がそんなことをしてくれと頼んだ。
千登勢　そう言わずに、そろそろ働くことを考えたら？　現に、こうして授業もやってるんだし。
新庄先生　生徒が長井君たちだからやってるんだ。他の人に教えようとは思わない。
千登勢　ほら、これを見て。（とパンフレットを差し出して）「熟年世代を教えます」だって。相手が同年代だったら、気疲れしなくて済むし、うまくいったら、ガールフレンドだってできるかもよ。

新庄先生　私は再婚するつもりはない。余計な気を回すのはやめてくれ。

千登勢　将来のことも考えて。たまきちゃんは、いつかはお嫁に行っちゃうのよ。

たまき　叔母さん、私はまだ二十歳だよ。それに、必ず結婚するとも限らないし。

千登勢　わかってる。兄さんのことを放っておけないのよね。

たまき　そうじゃないよ。

天童　先生の面倒は千登勢さんが見るって言ってませんでしたっけ？

千登勢　今はそのつもりよ。でも、私だって再婚するかもしれないでしょう？

天童　それはそうですよね。相手さえ見つかればね。

千登勢　（新庄先生に）私は兄さんのためじゃなくて、たまきちゃんのために言ってるの。いつまでも落ち込んでないで、就職ぐらい考えたらどうなの？

新庄先生　たまきはもう子供じゃない。一人になっても、立派に生活できる。

真澄　どういう意味ですか？　一人になるって。

新庄先生　別に深い意味はありませんよ。たとえば、たまきの就職先が遠い場所になれば、イヤでも独立することになるでしょう。

千登勢　そうしたら、兄さんは一人ぼっちよ。それでもいいの？

真澄　一人じゃありません。先生には私たちがいます。

天童　（新庄先生に）先生に何かあったら、いつでも駆けつけますよ。

新庄先生　ありがとう。
酒田　（原稿を読む）「次の日の夕方、私のスタジオに、鶴岡君がやってきた」

新庄先生・天童・たまき・千登勢が去る。
四月十六日、夕。真澄のスタジオ。
鶴岡がやってくる。

鶴岡　（真澄に）悪いな、仕事中に。
真澄　気にしないで。ちょうど一区切りついたところなんだ。
尾花沢　私、シャワーを浴びてきてもいいかしら。
久美子　好きにすれば？　先生、私は帰ります。友達が締め切り直前で、助けてほしいって言ってきたんで。
真澄　お疲れさま。明日はゆっくりでいいよ。
久美子　お疲れさまでした。

尾花沢と久美子が去る。

真澄　どうしたの？　何か大事な話？
鶴岡　ああ、ちょっと困ったことになって。

真澄　何？
鶴岡　授業を頼む時に、俺のレストランを口実にしただろう。
真澄　ああ、ニューヨークに支店を出すってヤツ？
鶴岡　あれが本当になったんだ。ニューヨークじゃなくて、ホノルルだけど。
真澄　嘘。
鶴岡　俺も嘘だと思いたい。でも、本当なんだ。今日、オーナーから、俺に行けって命令が出た。
真澄　すごいじゃない。オープンはいつ？
鶴岡　半年後。準備があるから、出発は一カ月後。
真澄　一カ月後？
鶴岡　急な話ですまない。まさかこんなことになるとは思ってなかったから、俺も史恵もパスポートが切れたままなんだ。引っ越しの支度もしなくちゃいけないし、たぶん、二人とも授業に出てる暇はなくなると思う。
真澄　そう。でも、いつかは帰ってくるんでしょう？
鶴岡　わからない。最低でも三年は覚悟しておけって言われた。
真澄　三年も……。
鶴岡　それから、これは口止めされてたんだけど、天童の親父さん、また腰の具合が良くないらしいんだ。あいつもこれからは授業に出られないことが多くなると思う。
真澄　どうして私に言わないのよ。
鶴岡　おまえに気を遣わせたくないからだよ。俺が言ったこと、天童には内緒だぞ。

真澄　（頷く）
鶴岡　授業、やっておいてよかった。向こうに行ったら、絶対に役に立つ。
真澄　先生にもそう言ってよ。
鶴岡　今度、改めて挨拶に行くよ。これからまた、店に戻らなくちゃいけないんだ。おまえにだけは、ちゃんと会って話をしたかった。
真澄　がんばってね。
鶴岡　ああ。
酒田　（原稿を読む）「鶴岡君が帰ると、私はすぐに新庄先生の家に行った。じっとしていられなかったのだ。私は先生に鶴岡君の言葉を伝えた。授業をやって良かったと」

鶴岡が去る。
新庄先生の家のリビング。
新庄先生がやってくる。

新庄先生　そうですか。授業は六回しかできませんでしたが、鶴岡君ならきっと大丈夫。史恵君と二人で、元気にやっていくでしょう。
真澄　私もそう思います。
新庄先生　しかし、淋しくなりますね。天童君まで来られなくなったら、長井君とたまきだけですか。
真澄　天童君は来ると思いますよ。多少の無理はしても。

新庄先生　無理はしてほしくありません。しばらく、授業は見送りましょう。

真澄　私は一人でもやります。いいえ、やらせてください。

新庄先生　君の貴重な睡眠時間を、これ以上、奪いたくありません。

真澄　……。

新庄先生　君の気持ちは本当にありがたい。しかし、無理をしてまで、続けてほしくないんです。心から学びたいと思えば、一人でも勉強できる。教師は必要ないんです。

真澄　でも、私は。

新庄先生　よく考えてみてください。私のことではなく、君自身の生活を。

新庄先生が去る。

11

酒田　（原稿を読む）「家に帰ると、すぐにたまきちゃんから電話が来た。明々後日が律子ちゃんの誕生日なので、パーティーを開きたいと。私は、必ず行くと言った。もう一度、生徒全員で集まれるチャンスだと思ったからだ。全員で説得すれば、先生も考え直してくれる。そんな期待を持って、当日を迎えた。四月十九日」

四月十九日、夕。新庄先生の家のリビング。
たまきと千登勢がやってくる。たまきはテーブルクロスを、千登勢はプレゼントの包みを持っている。
二人でテーブルクロスを敷く。真澄が花束を取り出す。尾花沢と久美子がやってくる。

真澄　こんにちは。
たまき　いらっしゃい。
尾花沢　すいません、私たちまで呼んでいただいて。
千登勢　いいのよ、律子がお世話になったんだから。それに、人数は一人でも多い方が楽しいじゃない？

久美子　そうですよね。
たまき　あと十人ぐらい来ても大丈夫ですよ。料理はいっぱいありますから。
千登勢　ちょっと作りすぎたかな。律子のパーティーだと思うと、つい力が入っちゃって。

そこへ、新庄先生と天童と律子がやってくる。新庄先生はプレゼントの包みを、天童はシャンパンとジュースを、律子はトレーに乗せたグラスを持っている。

天童　長井、遅いよ。俺なんか、料理の手伝いまでやらされたんだぞ。
新庄先生　手伝ってたんですか？　私は、つまみ食いをしてたのかと思いました。
天童　イヤだな。あれは味見をしてたんですよ。
真澄　律子ちゃん、これ、私たち三人から。（と花束を差し出して）お誕生日おめでとう。
律子　（受け取って）ありがとうございます。
久美子　お父さんはお仕事？
律子　はい。でも、もうすぐ来ると思います。
千登勢　何よ。響介も呼んだの？　あんた一人で来なさいって言ったでしょう？
たまき　呼んだのは私よ。
新庄先生　（千登勢に）今日ぐらいは休戦にしたらどうだ。律子君のために。
天童　とりあえず乾杯にしませんか？　シャンパンがぬるくなっちゃいますよ。
真澄　私たちはジュースにして。帰ってから、また仕事なんだ。

新庄先生　そんなに忙しいんですか？
真澄　今日のノルマが終わらなかっただけです。明日に持ち越したくなくて。
千登勢　律子、聞いた？　大変なのよ、プロの世界は。
天童　残念だな。せっかくドンペリを持ってきたのに。
尾花沢　じゃ、最初の一杯だけ。
久美子　じゃ、私も。
真澄　じゃ、私も。
酒田　なんだ。結局、三人とも、飲むんじゃないですか。
尾花沢　一杯ぐらいでガタガタ言わないの。
天童　じゃ、開けますよ。（とシャンパンを開ける）

そこへ、鶴岡と史恵がやってくる。史恵はケーキの箱を持っている。

鶴岡　遅くなってすいません。
たまき　ちょうど今、乾杯しようとしてたところです。
史恵　これ、私たちから律子ちゃんに。（と箱を出す）
天童　ずいぶんでかいな。今までで最大じゃないのか？
史恵　律子ちゃんの好みがわからなかったから、三段重ねにしてみたの。一段目が生クリーム、二段目がチョコレート、三段目がレアチーズ。

久美子　凄い。全部、私の大好物。
律子　（史恵に）私もです。
鶴岡　よかった。悩んだ甲斐があった。
新庄先生　こんなに凝ったものを作る時間がよくありましたね。今日は来られないかと思っていたんですよ。
天童　（鶴岡に）おまえも長井に脅されたんだろう。来なかったら、縁を切るって。
鶴岡　それだけじゃないよ。次にみんなに食べてもらうのは、いつになるかわからないから。
真澄　三年なんて、あっという間だよ。それまでは他のケーキで我慢する。鶴岡君のケーキがなくても、誕生パーティーは続けるんだから。
千登勢　じゃ、私もやってもらおうかな。来月が誕生日なのよ。
新庄先生　千登勢、そろそろ乾杯にしよう。
千登勢　じゃ、皆さん、グラスを持ってください。

全員がグラスを持つ。新庄先生と律子のグラスにはジュース。

千登勢　今日は、律子のために集まっていただいて、ありがとうございました。
たまき　律子ちゃん、お誕生日おめでとう。
新庄先生　そして、鶴岡君と史恵君の新しい出発を祝って。乾杯。
全員　乾杯。（と飲み、拍手する）

千登勢　（律子に）これ、お母さんからプレゼント。（と包みを出す）
律子　（受け取って）ありがとう。重い。
千登勢　英和辞典よ。大学に入っても使えるものを、兄さんに教えてもらったの。
たまき　（律子に）これは、お父さんと私から。ペンとインクのセット。（と包みを差し出す）
新庄先生　（律子に）長井君が使ってるのと同じものだよ。
律子　（受け取って）ありがとうございます。大切に使います。
千登勢　あら、そっちの方がうれしそうね。
律子　そんなことないよ。

そこへ、山形がやってくる。大きなプレゼントの包みを持っている。

山形　ハッピー・バースデー。
千登勢　何なのよ、その挨拶。バカじゃないの？
山形　皆さんが楽しそうだったから、雰囲気を壊しちゃいけないと思って。
天童　たまきちゃん、その人が千登勢さんの旦那さん？
山形　山形響介です。本日はお招きに預かりながら、遅くなってしまって、本当に申し訳ありませんでした。
鶴岡　山形さんもシャンパンをどうぞ。
山形　いや、結構です。走ってきたから、胸がムカムカしちゃって。

千登勢　情けないわね。それがプレゼント？　だったら、とっとと渡しなさいよ。
山形　律子、遅くなってすまん。（と包みを差し出す）
律子　（受け取って）ありがとう。
史恵　何だろう。律子ちゃん、開けてみたら？

律子が包みを開ける。中から出てきたのは、ラスカルのぬいぐるみ。

酒田　何じゃ、こりゃ。
千登勢　（山形に）ちょっと。これ、どういうつもり？
山形　かわいいなと思って買ったんだが、かわいくなかったか？
千登勢　そうじゃなくて、なぜぬいぐるみなの？　律子はもう十五歳なのよ。たまには頭を使ったら？
山形　私は私なりに一生懸命選んだんだ。（律子に）気に入らなかったか？
律子　そんなことない。とってもうれしいよ。
千登勢　嘘つくんじゃないの。顔がひきつってるわよ。（山形に）あなたって人は、娘のほしいものもわからないの？
新庄先生　そういう言い方はやめなさい。おまえの辞書だって、律子君がほしがったわけじゃない。
千登勢　でも、絶対に必要なものよ。もうすぐ、律子も兄さんに教わるんだし。
新庄先生　律子君が？　そんな話は聞いてないぞ。

千登勢　まだ言ってなかったっけ？
律子　私も知らないよ。
千登勢　大丈夫。何度か授業を見たけど、あんたでもついていけると思う。生徒さんも減っちゃうことだし、参加するにはいい機会じゃない。
新庄先生　勝手に決めないでくれ。私は、授業はもう終わりにしようと思ってるんだ。
千登勢　そうなの？
天童　それはないですよ、先生。俺、せっかくやる気になってきたのに。
新庄先生　お店の方はどうするんです。授業に通っている余裕があるんですか？
天童　鶴岡。（と鶴岡を睨む）
鶴岡　長井。（と真澄を睨む）
真澄　ごめん。（新庄先生に）でも、私一人になっても、やってほしいって言いましたよね？
新庄先生　尾花沢君、君はどう思いますか。授業を続けることは、長井君の仕事の妨げになりませんか。
尾花沢　えーと……。
久美子　私はなると思います。月に一度ならともかく、週に一度はきつすぎます。
真澄　久美ちゃん。
たまき　（新庄先生に）じゃ、月に一度にしようよ。私は、もっとお父さんの授業を受けたい。
新庄先生　私の授業より、大学の授業を大切にしなさい。
千登勢　じゃ、律子だけでも教えてよ。来年は高校受験なんだし。

山形　待ちなさい。お義兄さんは、休みたくて学校を辞めたんだろう？　この際、ゆっくり休ませてあげたらどうだ。

千登勢　あなたは黙ってて。休みたいなんて、どうせ嘘なんだから。

山形　嘘？

千登勢　兄さんはね、優子さんが亡くなったことに耐えられないの。辛くて、悲しくて、あんなに好きだった教師の仕事さえ、できなくなったのよ。

新庄先生　千登勢。

千登勢　（山形に）兄さんにとって、優子さんはそれほど大きな存在だったの。そんな気持ち、あなたには想像もつかないでしょうけどね。

新庄先生　黙りなさい、千登勢。

千登勢　だから、私は帰りたくないのよ。兄さんを放っておけないから。

たまき　叔母さん、律子ちゃんのことはどうでもいいの？

千登勢　律子は大事よ。私のたった一人の娘だもの。

たまき　叔父さんは？　放っておいてもいいの？

千登勢　この人には私は必要ないのよ。一カ月も迎えに来なかったのが、いい証拠じゃない。

山形　すぐに迎えに来ていれば、おまえは戻ってきたのか。

千登勢　そんなの、知るもんですか。

山形　私はいつまでおまえを追いかければいいんだ。

千登勢　自分で考えれば？

山形　そうやって、すべてを私のせいにするつもりか。
千登勢　何よ。私が悪いとでも言いたいわけ？
山形　いいから黙って聞け！　私も悪いし、おまえも悪いんだ。
千登勢　……。
山形　おまえはいつも、私が言いたいことの先回りをしようとする。二歩も三歩も先を行こうとする。決して私と並んで歩こうとはしない。立ち止まろうともしない。私は追いつこうと努力した。しかし、もう沢山だ。
千登勢　……。
山形　我慢してきたのはおまえだけじゃない。そう考えたことが、一度でもあるのか？

千登勢が走り去る。

たまき　叔母さん！

たまきが去る。新庄先生・鶴岡・史恵・天童・山形・律子も去る。

酒田 （原稿を読む）「こうして、律子ちゃんの誕生パーティーは中止になった。私たちは気まずい雰囲気のまま、新庄先生の家を出た。出てから、気づいた。授業を続けるかどうか、答えがまだ出ていなかったことに」あれ？

真澄 何？　字が間違ってた？

酒田 このパーティー、十九日の夜でしたよね？　今日は二十一日。ということは、あと一日しかないじゃないですか。

尾花沢 そうよ。ついにクライマックスよ。

酒田 （原稿を見て）ここまでが四十五ページ。ということは、あと十五ページも残ってる。このままだと、ページが余りませんか？

久美子 むしろ足りないぐらいです。昨日は特別長い一日だったから。

真澄 さあ、ラストスパートだよ。はい、次のページ。（と酒田に原稿を差し出す）

酒田 （受け取って）「次の日の朝。それは、新庄先生の家で始まった」

12

四月二十日、朝。新庄先生の家のリビング。

新庄先生がやってくる。

新庄先生　千登勢！　千登勢！

そこへ、たまきがやってくる。

たまき　どうしたの？　大きな声を出して。
新庄先生　千登勢はどこにいる。
たまき　台所じゃないかな。呼んでこようか？（と行こうとする）
新庄先生　ちょっと待ちなさい。昨夜、私の部屋に入らなかったか？
たまき　入ってないけど。何？
新庄先生　いや、それならいいんだ。千登勢！

そこへ、千登勢がやってくる。

千登勢　そんなに怒鳴らなくても聞こえてるわよ。何か用？
新庄先生　おまえ、優子の香水を持っていかなかったか？
千登勢　この前のヤツ？　あれだけ怒られて、持っていくわけないじゃない。
新庄先生　本当だな？（と千登勢の腕をつかむ）

千登勢　痛い。やめてよ。本当に持っていってないんだから。

たまき　（新庄先生の腕を押さえて）お父さん、どうしたの？　顔色が真っ青。

新庄先生　（千登勢の腕を放して）ないんだ、どこにも。家中探しても、見つからないんだ。

千登勢　落ち着いてよ。大事な香水だってことはわかるけど。

新庄先生　あれは香水なんかじゃない。とても危険なものなんだ。

たまき　危険なものって？

新庄先生　……。

たまき　お父さん、危険なものって何なのよ。

新庄先生　……毒薬だ。

たまき　毒薬？

千登勢　またまた。

新庄先生　嘘じゃない。即効性の毒薬なんだ。大人でも、耳掻き一杯で死ぬ。

たまき　そんなもの、どこで手に入れたの？

新庄先生　職員室だ。

千登勢　職員室？

新庄先生　去年の十二月、同僚の化学の先生が私に見せてくれたんだ。彼は、大学時代の先輩に譲ってもらったと言っていた。実験室に鼠が出るから、駆除しようと思った。が、危険すぎて使う気がしない。そう言って、彼は毒薬を自分の机の引き出しに入れて、鍵をかけた。私はずっと観察していた。彼が引き出しの鍵を白衣のポケットにしまうまで。次の日、私は

たまき　誰よりも早く学校へ行った。優子の香水の壜を持って。
千登勢　それで、中身を入れ替えたのね？
新庄先生　（新庄先生に）何のために？
千登勢　自分で飲むつもりだった。学校を辞めたら、すぐにでも。
新庄先生　バカよ。兄さんは大バカ。よりによって、自殺なんて。
たまき　昨夜、この家のどこかに落としたとしか考えられない。パーティーの前までは、確かにここ（とズボンのポケットを示す）にあったんだ。
千登勢　ずっと持ち歩いてたってこと？　いつでも飲めるように？
たまき　誰かが拾って、持っていったのかな。でも、外から見たら、ただの香水でしょう？　間違えて飲んだりはしないわよ。
新庄先生　しかし、体にかける可能性はある。それで、一滴でも口に入ったとしら……。
たまき　そんな危ないものを、どうして持ち歩いたりしたのよ。
千登勢　待って、たまきちゃん。今は兄さんを責めてる場合じゃない。壜を持っていった可能性があるのは、昨夜のパーティーに来た人たちだけよね？　よし、すぐに電話しよう。あんたたちも手伝って。
たまき　わかった。（と行こうとする）
新庄先生　（椅子に座り込む）
千登勢　ほら、兄さんも来て。落ち込んでる暇はないわ。みんなで毒薬を見つけるのよ。
酒田　（原稿を読む）「午前九時。三人は電話をかけた。パーティーに来た、すべての人たちに。

しかし、一人もつかまらない。すぐに手分けして探すことに決めた。たまきちゃんはもう一度家の中を。千登勢さんは自分の家へ行き、新庄先生は一番近い私の家へ」

新庄先生・たまき・千登勢が去る。

真澄のスタジオ。

新庄先生がやってくる。

新庄先生 （真澄に）心配しましたよ。いくらチャイムを鳴らしても出てこないから。

真澄 すいません。爆睡してました。

新庄先生 電話もしたんですよ。気づきませんでしたか？

真澄 すいません。寝る時はコードを抜くことにしてるんです。

酒田 （原稿を読む）「正直に言うと、私はついさっき、布団に入ったばかりだった。が、先生の話を聞いて、いっぺんに目が覚めた」

真澄 （新庄先生に）本気でそんなことを考えてたんですか？　たまきちゃんはどうなるんです。優子さんだけじゃなくて、先生までいなくなっちゃうなんて。

新庄先生 私の質問に答えてください。君はあの壜を持っていないいんですね？

真澄 持ってませんよ。そうと知っていれば、力ずくで取り上げてました。

新庄先生 （椅子に座り込む）

真澄 しっかりしてください。いいですか？　先生はそこの電話でもう一度、鶴岡君と天童君の家にかけてください。私は、尾花沢君と久美ちゃんの家にかけますから。

真澄が携帯電話を取り出して、電話をかける。新庄先生も電話をかける。

酒田　（原稿を読む）「午前十一時。私は祈るような気持ちで電話をかけた。毒薬は無色透明で、微かに甘い匂いがするらしい。まるで、アーモンドのような」

真澄　（電話を切って）ダメです。二人とも留守でした。もうここに向かってるのかもしれません。

新庄先生　（電話を切って）こちらもダメです。鶴岡君は、レストランの方にもいませんでした。今日は休んでいるそうです。天童君も――

真澄　思い出した。天童君は今日、お父さんを病院に連れていくって言ってました。私、病院へ行ってきます。先生はここで、尾花沢君たちを待っててください。何かあったら、すぐに連絡を取り合いましょう。

酒田　（原稿を読む）「そして、私は外へ飛び出した。どこの病院かわからないことに気づいたのは、タクシーに乗った後だった。手当たり次第に車を走らせて、三つ目の病院で、天童君をつかまえた」

真澄が去る。
病院の前。
天童と真澄がやってくる。

天童　何だよ。大きな声じゃ言えない話って。
酒田　（原稿を読む）「私が説明すると、天童君は怒った」
天童　ふざけんじゃないぞ、バカ新庄！
真澄　ちょっと、声がでかい。
天童　おまえは腹が立たないのか？　俺たちがしてきたことは何だったんだ。
真澄　だから、本当は先生はすぐに飲むつもりだったんだよ。学校を辞めた後に。でも、まだ飲んでないじゃない。
天童　でも、いつかは飲もうと思ってたんだろう？　クソー。ここにいたら、ボコボコにしてやったのに。
真澄　私だって、そうしたかったよ。でも、今は怒ってる場合じゃない。一刻も早く、毒薬を見つけないと。ああ、あんたのせいで、またムカムカしてきた。アホ天童！
天童　よし、続きは俺の車の中で聞いてやる。鶴岡の家に行くぞ。
真澄　お父さんは？
天童　おふくろがいるから大丈夫だ。さあ。
酒田　（原稿を読む）「ちょうどその頃、私のスタジオでは、尾花沢君と久美ちゃんが新庄先生の話を聞いていた。二人は無事だったのだ」

真澄と天童が去る。

真澄のスタジオ。
新庄先生・尾花沢・久美子が椅子に座っている。

尾花沢　(立ち上がって) 久美ちゃん、私、シャワーを浴びてくる。
久美子　何言ってるの、こんな時に。
尾花沢　どうしていいのか、わからないのよ。悲しいやら、悔しいやらで。
新庄先生　あなたたちまで巻き込んでしまって、本当に申し訳ありません。
久美子　私たちは無事だったからいいけど、もし最悪の事態が起こったとしたら。
尾花沢　考えただけでも、ゾッとするわ。先生の先生と出会わなければ、こんな気持ちにならずに済んだのに。ううん、出会ったとしても、先生の先生がイヤなヤツなら良かった。
久美子　わけのわからないこと言ってないで、考えようよ。パーティーに行った人物で、今、安全が確認されてないのは誰？
尾花沢　えーと……。
久美子　わかった、五人だ。鶴岡さんと史恵さんと天童さんと山形さんと律子ちゃん。(新庄先生に) そうですよね？

そこへ、電話のベルの音。尾花沢が悲鳴を上げる。

久美子　静かにして。(受話器を取って) はい、長井です。

遠くに、千登勢が現れる。受話器を持っている。

千登勢　もしもし、真澄さん？

久美子　千登勢さんですね？　私、久美子です。ウチの先生も尾花沢さんも無事です。

千登勢　良かった。兄はまだいるかしら。

久美子　はい、お待ちください。（新庄先生に受話器を差し出して）千登勢さんです。

新庄先生　（受け取って）どうだった。

千登勢　響介も律子もいなかった。もしかしたら、兄さんの家に行ったのかもしれない。そう思って、電話したら、誰も出ないの。

新庄先生　たまきのヤツ、どこへ行ったんだ。

千登勢　心配になって、そっちに向かったのかと思ったんだけど。とにかく、私はもう一度、兄さんの家に戻る。兄さんはそこを動かないで。

新庄先生　わかった。

千登勢　シャキッとしなさいよ、シャキッと。じゃあね。

酒田　（原稿を読む）「午後二時。私たちは鶴岡君の家に着いた。チャイムを何回鳴らしても、応答なし。ドアに耳をあてると、中はやけに静かだった。その時、私の心臓がビクンと飛び跳ねた」

千登勢が去る。
鶴岡の家の前。
真澄がやってくる。後を追って、天童もやってくる。

天童 どこに行くんだよ、長井。
真澄 駐車場。あんたの車にスパナかレンチ、あるよね？
天童 そりゃ、あるけど。何をする気だ？
真澄 決まってるだろう？　ドアをぶっ壊すんだよ。
天童 アホか。そんなもんじゃ壊れないって。
真澄 あんた、この匂いがわからないの？
天童 え？　そう言えば、何だか甘い匂いがするな。でも、それがどうかしたのか？
真澄 先生の毒薬は、アーモンドの匂いがするんだ。

真澄の携帯電話が鳴る。真澄が出る。

真澄 もしもし。
尾花沢 先生、今、どこにいるの？
真澄 尾花沢君、生きてたの？
尾花沢 当たり前よ。私が死んだら、今、描いてる原稿はどうなるの？

真澄　はいはい。久美ちゃんは？
尾花沢　ピンピンしてるわ、残念ながら。
真澄　良かった。忙しいから切るね。じゃ。（と切る）
尾花沢　もしもし？　天童さんは無事なの？　もしもし？

そこへ、鶴岡と史恵がやってくる。

史恵　何してるんですか？　こんな所で。
真澄　史恵ちゃん。今までどこへ行ってたの？
鶴岡　都庁へ、パスポートの申請に。やっと休みが取れたから。
天童　じゃ、この甘い匂いは？
史恵　匂い？　ああ、これは昨夜、麓郎さんが作った、アーモンドタルトの匂いですよ。
真澄　アーモンドタルト？
天童　（鶴岡に）紛らわしいもの、作りやがって。ちょっと来い。ボコボコにしてやる。（と鶴岡に迫る）
鶴岡　え？　何だよ。やめてくれよ。（と逃げる）
酒田　（原稿を読む）「鶴岡君たちは、ガラスの壜など見てもいないと言う。私は家に電話をかけて、新庄先生に鶴岡君たちの無事を報告した。そして、みんなで新庄先生の家に集まることにした。午後三時」

鶴岡・天童・史恵・真澄が去る。
新庄先生の家のリビング。
千登勢がやってくる。

千登勢　たまきちゃん？　いないの？

そこへ、山形と律子がやってくる。

律子　お母さん。
千登勢　(床に座り込む)
山形　頼みがあって来たんだ。私の話を聞いてくれないか。
律子　(千登勢に)五分でいいんだ。そしたら、すぐに帰るから。ね、お父さん？
山形　(千登勢に)昨夜、考えてみたんだ。私たちのこれからのことを。三人にとって、どうすることが一番いいのか。しかし、思いつかなかった。
千登勢　……それで？
山形　だから、私は自分自身に聞いてみた。おまえはどうしたいんだ、と。妻や娘のことは忘れろ。おまえ自身は、どんなふうに生きていきたいんだ、と。でも、ダメだった。おまえと律子の顔しか浮かばないんだ。

千登勢　（笑う）
律子　ひどい。お父さんが一生懸命話してるのに。
千登勢　だって、おかしいんだもの。響介が私と、同じことを考えてたなんて。
山形　え？
千登勢　私、叫んだのよ、駅のホームで。冗談じゃないわって。あんたたちがいなくなるなんて、冗談じゃないわよ。二度と会えないなんて、そんなの絶対に許せない。
山形　千登勢……。
千登勢　それから、こう思ったの。三人で暮らせるなら、もう何もいらないって。

千登勢が泣く。山形が千登勢の肩を抱く。

13

酒田　（原稿を読む）「ちょうどその時、私たちも新庄先生の家に着いた」

四月二十日、夕。新庄先生の家のリビング。
真澄・鶴岡・史恵・天童がやってくる。

真澄　律子ちゃん、山形さん。こんな所にいたんですか？
山形　どうしたんですか？　皆さん、お揃いで。
千登勢　（真澄に）みんな、無事だったのね？　ちょっと、顔を見せて。鶴岡さん、心配したのよ。
　史恵さん、また会えてよかった。
天童　俺はどうでもいいんですか？
真澄　山形さんたちは、いつここに？
千登勢　たった今よ。（山形に）今まで、どこをうろついてたの？　私、家まで行ったのよ。
山形　律子と二人で、デパートに行ってたんだ。プレゼントを買い直すために。で、一度、家に
　帰ってから、ここへ。

千登勢　じゃ、まるっきりすれ違いだったってこと？　もう、バカみたい。
鶴岡　それで、毒薬は見つかったんですか？
山形　毒薬？
千登勢　響介は知らない？（と手で示して）これぐらいのガラスの壜。兄さんが持ってたヤツ。
山形　いや。あれがどうかしたのか？
史恵　律子ちゃんは？　昨夜、この家のどこかで見かけなかった？
律子　いいえ。
鶴岡　じゃ、誰も持ってないってことか。おかしいな。
真澄　千登勢さん、たまきちゃんは？
千登勢　いないのよ。あなたの家へ行ったんじゃないかと思うんだけど。
真澄　でも、さっき私が電話した時は、新庄先生しかいませんでしたよ。
千登勢　そうなの？

そこへ、新庄先生がやってくる。

新庄先生　山形君、無事だったんですね？
千登勢　兄さん、たまきちゃんに会った？
新庄先生　いや。いないのか？
鶴岡　まさか、たまきちゃんが？

千登勢　たまきちゃんが壜を？　そんなこと、あるわけないじゃない。
鶴岡　でも、ここにいる全員が持ってないってことは。
新庄先生　しかし、たまきは、あれが毒薬だと知ってるんだ。
真澄　知ってて、持っていったんですよ。そうとしか考えられません。
新庄先生　しかし、たまきがなぜ……。
千登勢　だとしたら、大変よ。急いで手分けして、探しましょう。
山形　何がどうなってるんだ？
千登勢　後で説明するから、私に着いてきて。
酒田　（原稿を読む）「私たちは三組に分かれて、外へ飛び出した。私と新庄先生は駅へ。鶴岡君と史恵ちゃんと天童君は、たまきちゃんの大学へ。千登勢さんと山形さんと律子ちゃんは、たまきちゃんの友達の家へ」

新庄先生・真澄・鶴岡・史恵・天童・山形・千登勢・律子が去る。

酒田　（原稿を読む）「改札口にもプラットホームにも、たまきちゃんの姿はなかった。私と新庄先生は、家の近所を回ることにした。たまきちゃんが通っていた幼稚園、小学校、中学校。たまきちゃんがよく行く喫茶店、本屋、図書館。思い当たる場所は残らず探したのに、それでも見つからなかった。午後五時。私の携帯電話が立て続けに鳴った。天童君と、千登勢さんから。しかし、どちらも収穫はゼロ。その時、私の頭にある風景が浮かんだ。砧公園の世田谷美術館だ」

四月二十日、夕。世田谷美術館の中庭。
真澄と新庄先生がやってくる。

真澄　（周囲を見回して）いないみたいですね。私の勘も当てにならないな。
新庄先生　私は向こう側を探してみます。君は家に帰ってください。
真澄　何を言ってるんですか。
新庄先生　締め切りが近いんでしょう？　これ以上、迷惑はかけられません。
真澄　私は迷惑だなんて思ってません。たまきちゃんは、私の大切な友達なんですから。
新庄先生　何があっても、仕事を放り出してはいけません。責任は最後まで果たすべきです。
真澄　だから、卒業式まで待ったんですか？　毒薬を飲むのを。
新庄先生　そうです。
真澄　最初から死ぬつもりだったんですか？　優子さんが亡くなった時から。
新庄先生　そうです。この話は、また今度にしましょう。時間がもったいない。

二人が去ろうとしたところへ、たまきがやってくる。ガラスの壜を持っている。

真澄　たまきちゃん。

たまき　（踵を返す）
新庄先生　待ちなさい！
たまき　（立ち止まる）
新庄先生　その壜をこっちに寄越しなさい。早く。（と歩み寄る）
たまき　（行こうとする）
新庄先生　どこへ行く。（とたまきの腕をつかむ）
たまき　触らないでよ。（と振り払う）
新庄先生　何だ、その言い方は。
たまき　やめてよ、父親みたいな顔するの。私なんか、どうなってもいいと思ってるくせに。
真澄　そんなわけないでしょう？　心配だから、探しに来たんじゃない。
たまき　父が探してるのは、この壜です。私じゃありません。
真澄　バカなこと言わないで。
たまき　この半年間、父は死ぬことだけを考えてきたんです。母のそばへ行くことだけを。父にとって、私はいないのと同じだったんです。
新庄先生　違う。
たまき　だったら、どうして毒薬なんか手に入れたのよ。どうしてお母さんと話をするのよ。
真澄　優子さんと？
新庄先生　たまき、おまえ……。
たまき　私が気づいてないと思ったの？

真澄　どういうこと？

たまき　父は毎晩、母と会ってたんです。空想の母と。何時間も何時間も話をしてました。ひどい時は朝まで。おかしいですよね。私とは、一言も口をきかない日があったのに。

真澄　本当ですか、先生。

新庄先生　ああ。

たまき　お父さんの心の中はお母さんでいっぱい。私が入る隙間は、どこにもない。

新庄先生　おまえのことを考えなかったわけじゃない。しかし――

たまき　わかってるよ。私はもう子供じゃないって言いたいんでしょう？　そう言われるたびに、胸が苦しくなった。苦しくて叫び出しそうになった。私を見てよって。私がこんなに淋しいのに、どうして気づいてくれないのって。

新庄先生　……。

たまき　でも、見てもらえなくてもいいと思った。お父さんが生きててくれれば。だから、がんばってきたんだ。それなのに……。（と泣く）

新庄先生　すまない。

真澄　今さら謝っても遅いですよ。何が、責任を果たせ、ですか。笑わせないでください。「学校は生き方を教える場所だ」？　そんな偉そうなことがよく言えましたね。自分で自分の人生を終わらせようとした人が。

新庄先生　……。

真澄　思い出してください、今まで教えてきた生徒の顔を。いっぱいいますよね、三十年も教師をやってたんですから。先生は、その人たち全員を裏切ったんです。一体、何て言い訳するつもりです。

新庄先生 ……。

真澄 あんなに厳しかったのはなぜです。妥協しなかったのはなぜです。全部、生徒のためでしょう？　だから、私たちは先生が好きだったんです。自分のためじゃなくて、私たちのために生きてくれたから。誰かのために生きるってことを、身をもって教えてくれたから。自分のためにがんばるより、誰かのためにがんばった方が、百倍も千倍も力が湧いてくる。それを教えてくれたのは先生でしょう？　どうしてそれを忘れることができるんです。今の先生は嫌いです。大っ嫌いです。自分の悲しみに夢中になって、たまきちゃんのことは考えもしない。ふざけるのもいい加減にしてください。

たまき 真澄さん、もういいです。

真澄 （新庄先生に）そんなに死にたいなら、どうぞ死んでください。今すぐに。たまきちゃん、壜を先生に渡して。

たまき イヤです。

真澄 だったら、私が渡す。貸して。

真澄が壜をつかむ。たまきは抵抗するが、真澄に突き飛ばされる。

新庄先生 長井君！

真澄　（壜を突き出して）さあ、飲んでください。一滴も残さずに。
新庄先生　（壜を受け取る）
たまき　やめて！　お父さん！

新庄先生が蓋を開け、中身を捨てる。

真澄　何をやってるんですか？　私は飲んでくださいって言ったんですよ。
新庄先生　見ての通りです。私には、もう必要ありません。
たまき　お父さん。
新庄先生　たまき、頼みがあるんだ。
たまき　何？
新庄先生　私と一緒に生きてくれ。これからは二人で生きていこう。
たまき　（頷く）
新庄先生　長井君、ありがとう。
真澄　お礼なんか言われても、うれしくありません。私は先生を許しません。
たまき　真澄さん。
新庄先生　いや、いいんだ。私が長井君だったら、きっと同じことを言う。今なら、それがわかるんだ。

14

酒田　（原稿を読む）「午後八時。再び、みんなが新庄先生の家に集まった」

四月二十日、夜。新庄先生の家のリビング。
鶴岡・史恵・天童がやってくる。

酒田　ところで、尾花沢さんたちは何をしてたんですか？
尾花沢　仕事よ。ここでずっと漫画を描いてたの。
久美子　（酒田に）しかも、戦国ラブストーリーですよ。ボツにするってわかってたら、とっとと帰って、寝てたのに。
尾花沢　あんた、本当に寝るのが好きね。今も、描いてるフリをして、寝てたでしょう？　先生が必死でがんばってるのに、あんたって人は。
久美子　先生には秘密ね。
酒田　あれ？　この叔母さん、どうしてトランクを持ってるんですか？
尾花沢　やっと家に帰るのよ。二カ月ぶりに。

そこへ、千登勢・山形・律子がやってくる。千登勢はトランクを持っている。

千登勢 兄さん、たまきちゃん、お世話になりました。

たまき もう家出しちゃダメだよ。今度来たら、追い返すからね。

律子 お願いします。

千登勢 やあね、もう喧嘩なんかしないって。

天童 申し訳ないんですが、全然信用できません。

千登勢 あなたに言われたくないわよ。

新庄先生 何かあったら、今日のことを思い出せばいい。

千登勢 兄さんもね。

山形 皆さんにも、本当にお世話になりました。鶴岡さん、史恵さん、気をつけて行ってきてください。

律子 (鶴岡に) ケーキ、とってもおいしかったです。

鶴岡 帰ってきたら、もっと凄いのを作ってあげるよ。

千登勢 じゃ、私の誕生日にもお願い。

史恵 もちろん。いっそのこと、全員の誕生パーティーを開くことにしませんか?

天童 全員? (と数えて) 年に九回も集まれって言うのか?

鶴岡 バカ、十回だよ。優子さんの誕生日を忘れるな。

そこへ、優子がやってくる。

新庄先生　優子。

優子　どうしたの、そんなに驚いて。私の顔に、何かついてる？

新庄先生　他に人がいる時に、君と会うのは、初めてだから。

優子　だって、今、凄く会いたいと思わなかった？

新庄先生　思った。しかし、まさか本当に会えるなんて。

優子　今日だけは特別なの。そうでしょう？

新庄先生　もう会えないのか。

優子　決めたのはあなたよ。たまきと生きていこうって。だったら、終わりにしなくちゃ。

新庄先生　そうだな。

優子　大丈夫よ。あなたには、真澄さんたちもいるんだから。

新庄先生　ああ。長井君がいれば、落ち込んでなどいられない。今度のことでは、本当に感謝している。

優子　じゃ、そろそろ言ってあげたら？　君の作品は、全部読んでるよって。

新庄先生　でも、私に読まれてると知ったら、恥ずかしがるだろう。

優子　よく言うわね。恥ずかしいのは、あなたでしょう？　たまきにも隠れて、コソコソ読んでたくせに。

新庄先生　君に見つかった時は、心臓が止まるかと思った。

優子　二人で思い出話をするのも、これが最後ね。
新庄先生　君と会えなくなるのは淋しい。
優子　私も。でも、とってもうれしい。あなたがまた歩き始めてくれて。
新庄先生　さよなら。
優子　さよなら。元気でね。

優子が去る。

鶴岡　じゃ、そろそろ帰るか。先生、また出発の前に顔を出します。
山形　(千登勢に) じゃ、私たちもお暇しよう。
千登勢　兄さん、昨日の話、忘れないでよ。来週の授業から、律子を参加させるからね。
天童　(新庄先生に) え？　まだ続けるんですか、授業？
鶴岡　何だよ、イヤなのか？
新庄先生　君たちには、もう授業は必要ないでしょう。
鶴岡　俺と史恵はそうかもしれませんが、天童と長井は……。
新庄先生　まあ、どうしてもということであれば、続けても構いませんが。
天童　いや、別にどうしてもってわけじゃ。え？　今、何て言いました？
新庄先生　『Treasure Island』、『宝島』がまだ途中じゃないですか。これから話がおもしろくなるのに、途中でやめるのはもったいない。

千登勢　じゃ、授業は続けるのね？　律子も参加していいのね？

新庄先生　律子君はどうなんです。君は、私の授業を受けたいんですか？

律子　『宝島』って、おもしろいんですか？

新庄先生　私は大好きです。私もちょうど君ぐらいの頃に読んだんですよ。

律子　英語で、ですか？

新庄先生　中学の頃、私は英語が苦手でした。テストはいつも五十点以下。赤点を取ったことさえあります。そんな私に、先生が勧めてくれたんです。この本を最後まで読み通せば、きっと自信がつくからと。最後の場面で、主人公のジム・ホーキンズは宝を手に入れます。同時に、私も宝を手に入れたんです。英語を愛する気持ちを。

史恵　それで、私たちに読ませたんですか？

新庄先生　ええ。でも、授業については、少し時間をください。これからのことを、ゆっくり考えてみたいんです。

鶴岡　これからのことって？

新庄先生　仕事ですよ。学校に戻るか、ここで教室を開くか、もっと違う場所で働くか。やりたいことがいっぱいあって、とても一つに絞れません。

千登勢　どうしたの？　急にやる気を出しちゃって。

山形　いいことじゃないか。（新庄先生に）律子のことは気にしないでください。今は英語を習うより、やりたいことがあるみたいですから。

史恵　やりたいことか。私は早く子供を産みたいな。

鶴岡　史恵。
天童　照れるな照れるな。おまえはあれだろう？　パティシエ日本一だろう？
鶴岡　世界一だ。
天童　じゃ、俺も世界一の酒屋を目指すか。どんなんだ。
史恵　真澄さんは？　今、一番やりたいことは何ですか？
真澄　私は……。

新庄先生・鶴岡・史恵・天童・たまき・千登勢・山形・律子が去る。

酒田　あれ？　先生、この続きは？
真澄　ちょっと待って。今、考えてるんだから。
酒田　これは実話なんでしょう？　先生の答えを、そのまま描けばいいじゃないですか。
真澄　あの時、私は何も答えなかった。
久美子　じゃ、今、考えて、描いちゃいましょう。
真澄　私は先生に何か言いたかった。でも、何を言えばいいのか、わからなかった。
尾花沢　焦らずに、じっくり考えて。残りは、あと一ページなんだから。
久美子　でも、背景は十五ページしか進んでない。ネームが今日中に終わらないと、三日は無理よ。
酒田　久美子さん、先生を急かすのはやめましょう。
尾花沢　でも、これを三日で仕上げないと、戦国ラブストーリーが。

酒田　その時はその時です。
久美子　え？
酒田　戦国ラブストーリーはいつでも描けます。が、この作品は今しか描けない。先生がそう言った時の気持ちが、今の僕にはよくわかるんです。
久美子　先生、聞きましたか？　酒田さんのオーケイが出ましたよ！
酒田　いや、別にオーケイってわけじゃ。
久美子　がんばって、先生。
尾花沢　（真澄に）先生の先生を怒鳴った時のファイトを思い出して。
真澄　思い出した。
尾花沢　その調子。
真澄　私、まだ先生に謝ってない。あんなにひどいことを言ったのに。
酒田　でも、そのおかげで新庄先生は毒薬を捨てたんですよ。
真澄　先生は、私にありがとうって言ったんだ。それなのに、私は……。
酒田　だったら、漫画の中で謝ればいいじゃないですか。
尾花沢　そうよ。で、先生の先生に読んでもらうの。
真澄　無理だよ。先生が私の漫画なんか読むわけない。
久美子　でも、たまきちゃんは読むでしょう？　千登勢さんも、律子ちゃんも。そしたら、きっといつか、伝わりますよ。
真澄　伝わらなくてもいい。私は、私の描きたいことを描く。（と描き始める）

酒田　先生。最後にもう一つだけ、質問させてください。
久美子　本当に最後でしょうね？
酒田　（真澄に）『ミラージュ』って、幻とか蜃気楼って意味ですよね？　どうしてこのタイトルにしたんですか？　やっぱり、優子さんがミラージュだから？
真澄　違うよ。
酒田　じゃ、どうして？
真澄　幻も蜃気楼も、現実にはないもの。手が届かないもの。でも、私には確かに見えたんだ。先生がもう一度、教壇に立つ姿が。（と描き始める）

鶴岡・史恵・天童がやってくる。史恵は別冊ドリーミング最新号を持っている。三人で読み始める。千登勢・山形・律子がやってくる。律子は別冊ドリーミング最新号を持っている。三人で読み始める。新庄先生が家に帰ってくる。鞄を持っている。たまきが迎える。別冊ドリーミング最新号を新庄先生に差し出す。と、新庄先生が鞄の中から同じものを取り出す。二人で読み始める。みんなが読んでいる漫画を、真澄たちは必死で描き続ける。

〈幕〉

あとがき

中学校に入学してから約二年間、英語だけを教える塾に通っていました。

私の学年はほとんどが男子生徒で、女子は私と、もう一人だけ。昼間は大学で英文学を教えている先生が、ご自宅の車庫の二階を教室にして、開いていた塾です。

生徒の数は、一クラスに十人もいませんでした。初めて行った日、見回せば成績優秀な男子ばかり。いわゆる「少数精鋭」です。入る前にテストを受けた記憶もなく、そんな所になぜ私が通うことになったのか、今でも謎です。ちなみに母親に聞いてみたら、「よく覚えてない」とのことでした。まあ、三十年近く前の話ですから、無理もありません。

最初の授業は、アルファベットの発音から始まりました。先生はよく通る低い声の持ち主で、指名された私がAからZまでを発音した後、「完全に間違ってる。忘れろ」と冷たく言われた時は、続けられるかな、と不安になりました。外見も髭面で、がっちりしていて、岩みたいな人だったんです。たぶん、今の私より若かったんじゃないかと思いますが、とにかく迫力満点でした。

発音が終わると、今度は小テストです。「二年の夏休みまでに、中学でやるべきことは終わらせる」というのが先生の指針でしたから、授業はほとんどが小テストと、その答え合わせ。間違った部分は何度も、徹底的にやり直させられました。無駄話などは、一切なし。私語を交わせば「出ていけ」と怒鳴られます。一時間の間に、テストは何枚やってもいい決まりで、男子たちは三枚も四枚もこなしていくのです。私も最初は一枚がせいぜいでしたが、そのうち二枚になり、三枚に増えた頃には、学校でも英語の成績が目に見えて上がっていました。

そして、二年の夏休みの終わり。私たちは、先生の指針通り、塾を卒業させられました。卒業式の代わりに送別会をやるぞ、と先生が言い出し、奥様の手料理をたくさんご馳走になりました。その日だけは先生もよく笑い、みんなで喋りまくり、最後は庭で花火をしました。スポーツ万能の男子が、暗いトイレ（かなり古い日本家屋だったので）に行くのを怖がったり、冗談ばかり言っていた男子が、寂しくなるなあ、と呟いたり。彼らの、学校では見られない意外な一面を発見できて、何だか得した気持ちになりました。

最後の最後、二年間の感想を聞かれて、私は「英語が楽しくなりました」と答えました。すると先生は顔をくしゃっとさせて、「勉強ってのは、本来、楽しいものなんだ。俺が伝えたかったのは、それだけだ。よく覚えとけよ！」と笑いました。それなのに、先生、ごめんなさい。英語と国語以外の教科は、その後ずっと、楽しくなりませんでした……。

時代劇の脚本を書くようになってから、幕末について勉強する機会が多くなりました。高校時代、日本史の授業をもっと真剣に聞けばよかった、と、よく後悔しています。資料を集めるのに走り回りますし、本も次から次へと読みますし、基礎知識のない分、毎回、苦労の連続です。それでも、これから書く舞台にぴったりの文献が見つかったりすると、嬉しくて眠気も吹き飛びます。あの時代に活躍した、様々な人物たちを知れば知るほど、楽しくなります。そんな時に、ふと、あの二年間が蘇ってくるのです。先生の、「やっと思い出したのか」という声が、聞こえてきそうな気がします。

『ＴＲＵＴＨ』に出てくる「帆平」は、私の中では、この先生に近いかもしれません。芝居の中には帆平が剣を教える場面はありませんが、きっと、相当に厳しい稽古のはずです。そうでなければ、

「弦次郎」たちは、彼の道場に通わないだろうと思うのです。

『TRUTH』は、今から六年前の、一九九九年に上演されました。成井さんと私が共同で書いた、三本目の時代劇です。下敷きにしたのは、山本周五郎さんの『失蝶記』という短編です。初めて成井さんに「これをやろうよ」と言われて読んだ時は驚きました。文庫本で二十ページほどしかない短さと、その内容に。未読の方は、是非、読んでみてください。新潮文庫の『日日平安』に収められています。

短編を二時間の舞台に仕上げる、つまり物語を膨らませていく作業は、かなり難航しました。ハコ書き（あらすじのようなものです）を作るのに一カ月近くかかったのは、最初で最後（にしたい）です。時間がもっと欲しい、買えるものなら買いたいと、本気で考えました。まったく、情けない話です。結果、私の第一稿の完成は予定より大幅に遅れました。この場をお借りして、改めて成井さん、そして役者たちに謝らせてください。すみませんでした。

プロデューサーで音楽監督の加藤さんにも、謝らなければいけません。この時、初めて音楽を全曲オリジナルで作ることに挑戦したのです。初日に間に合わせるために、作曲家の河野さんにも、多大なご迷惑をおかけしました。書いてて胃が痛くなってきました。どれも大好きな曲ばかりです。是非、サウンドトラックも聴いていただきたいです。

再演に際しては、成井さんにお任せしてしまったのですが、一つ一つの台詞が細かく練り直されています。キャストが初演とは大幅に違うので、また新しい『TRUTH』に出会えると、今からワクワクしています。

『MIRAGE』は、『TRUTH』の翌年の春に上演した作品です。十年越しでラブコールを送っていた、劇団☆新感線の粟根まことさんに、遂に出ていただくことができました。

以前、東北新幹線の中で芝居をやるという無茶な企画・シアターエクスプレスで、ゲストにお迎えした時。役者だけではなく、稽古場の仕切りから、イベントで西川君が歌う曲作りまで、八面六臂の活躍をしてくださいました。『MIRAGE』の脚本を書く前に、私はせめてものお詫びにと、「どんな役がやりたいですか」と粟根さんに聞きました。「出番は少なくてもいいから、ギャグ満載の役を」というのがお答えでしたが……結果は、読んでいただければわかります。ここにもまた、謝らなければいけない人がいました。けれど、理知的で自分に厳しい「新庄先生」は、粟根さんだからこそ生まれた役なのです。もちろん、他のどの役も、演じる役者たちからヒントをもらっているのですが。

「真澄」たちが授業を受けるシーンは、いつ見ても楽しかった。考えてみると、その時、私の心は三十年前に戻っていたのかもしれません。

現実で、時間を遡ることはできません。でも舞台でなら、会えるはずのない人にも、出会えるのです。何度でも。

最後に。今年、キャラメルボックスは結成二十周年を迎えました。長いような短いような二十年でしたが、ここまで走り続けてこられたのは、劇場まで足を運んでくださる方々のおかげです。まだ戯曲しか読んでいない、という方、どうぞ機会を作っていらしてください。劇場で、お待ちしています。

二〇〇五年一月十一日　『TRUTH』の稽古・弦次郎たちとの再会を三日後に控えて

真柴あずき

『TRUTH』

1999	役	2005
1999年7月7日〜8月22日	上演期間	2005年2月17日〜4月10日
新神戸オリエンタル劇場 サンシャイン劇場	上演場所	サンシャイン劇場 メルパルクホールOSAKA 新神戸オリエンタル劇場

CAST

岡田達也	弦次郎	岡田達也
上川隆也	鏡吾	上川隆也
大内厚雄	英之助	大内厚雄
菅野良一	隼助	細見大輔
南塚康弘	三郎太	畑中智行
清水誉雄	虎太郎	筒井俊作
篠田剛	山岡／月真	篠田剛
岡田さつき	初音	小川江利子
坂口理恵	ふじ	岡田さつき
中村亮子／小川江利子	美緒	岡内美喜子
西川浩幸	帆平	川原和久（劇団ショーマ）

STAGE STAFF

成井豊，真柴あずき	演出	成井豊，真柴あずき
	演出助手	白坂恵都子，隈部雅則
キヤマ晃二	美術	キヤマ晃二
黒尾芳昭	照明	黒尾芳昭
早川毅	音響	早川毅
佐藤雅樹	殺陣	佐藤雅樹
勝本英志，兵庫百合子 森川敬子，熊岡右恭	照明操作	勝本英志，熊岡右恭，高柳香予子
小田切陽子	衣裳	三大寺志保美
馮啓孝	ヘアメイク	武井優子
松竹衣装，太陽かつら	衣装協力	松竹衣装，太陽かつら
C-COM，㈲拓人，オサフネ製作	大道具	C-COM，㈲拓人
酒井詠理佳，藤林美樹，大畠利恵 きゃろっとギャング	小道具	酒井詠理佳，高庄優子
桂川裕行	舞台監督助手	桂川裕行
村岡晋	舞台監督	矢島健，村岡晋，二本松武

PRODUCE STAFF

加藤昌史	製作総指揮	加藤昌史
ヒネのデザイン事務所＋森成燕三	宣伝デザイン	ヒネのデザイン事務所＋森成燕三
岸圭子	宣伝写真	タカノリュウダイ
伊東和則	舞台写真	伊東和則
㈱ネビュラプロジェクト	企画・製作	㈱ネビュラプロジェクト

上演記録

『MIRAGE』

上演期間	2000年3月10日～4月28日
上演場所	サンシャイン劇場 ももちパレス 近鉄劇場

CAST

新庄先生	粟根まこと（劇団☆新感線）
真澄	坂口理恵
鶴岡	西川浩幸
史恵	小川江利子
天童	岡田達也
尾花沢	大内厚雄
久美子	岡内美喜子／前田綾
酒田	南塚康弘
優子	大森美紀子
たまき	中村亮子
千登勢	岡田さつき
山形	篠田剛
律子	青山千洋／藤岡宏美

STAGE STAFF

演出	真柴あずき，成井豊
演出助手	白坂恵都子
美術	キヤマ晃二
照明	黒尾芳昭
音響	早川毅
振付	川崎悦子
照明操作	勝本英志，松井園恵 兵庫百合子，藤田典子
スタイリスト	小田切陽子
大道具製作	C-COM，㈲拓人
小道具	酒井詠理佳，高庄優子
舞台監督助手	桂川裕行
舞台監督	矢島健，村岡晋

PRODUCE STAFF

製作総指揮	加藤昌史
宣伝デザイン	ヒネのデザイン事務所＋森成燕三
宣伝写真	岸圭子，岡本淳志
舞台写真	伊東和則
企画・製作	㈱ネビュラプロジェクト

成井豊（なるい・ゆたか）
1961年、埼玉県飯能市生まれ。早稲田大学第一文学部文芸専攻卒業。1985年、加藤昌史・真柴あずきらと演劇集団キャラメルボックスを創立。現在は、同劇団で脚本・演出を担当するほか、桜美林大学などで演劇の授業を行っている。代表作は『ナツヤスミ語辞典』『銀河旋律』『広くてすてきな宇宙じゃないか』など。

真柴あずき（ましば・あずき）
本名は佐々木直美（ささき・なおみ）。1964年、山口県岩国市生まれ。早稲田大学第二文学部日本文学専攻卒業。1985年、演劇集団キャラメルボックスを創立。現在は、同劇団で俳優・脚本・演出を担当するほか、外部の脚本や映画のシナリオなども執筆している。代表作は『月とキャベツ』『郵便配達夫の恋』『我が名は虹』など。

CARAMEL LIBRARY Vol. 12
TRUTH

2005年2月15日　初版第1刷印刷
2005年2月25日　初版第1刷発行

著者　成井豊＋真柴あずき
発行者　森下紀夫
発行所　論創社
東京都千代田区神田神保町2-23　北井ビル
tel. 03（3264）5254　fax. 03（3264）5232
振替口座　00160-1-155266
印刷・製本　中央精版印刷
ISBN4-8460-0497-X　

CARAMEL LIBRARY

1. 俺たちは志士じゃない◉成井豊＋真柴あずき

キャラメルボックス初の本格派時代劇．舞台は幕末の京都．新選組を脱走した二人の男が，ひょんなことから坂本竜馬と中岡慎太郎に間違えられて思わぬ展開に…….『四月になれば彼女は』初演版を併録．　本体2000円

2. ケンジ先生◉成井 豊

子供とむかし子供だった大人に贈る，愛と勇気と冒険のファンタジックシアター．中古の教師ロボット・ケンジ先生が巻き起こす，不思議で愉快な夏休み．『ハックルベリーにさよならを』『TWO』を併録．　本体2000円

3. キャンドルは燃えているか◉成井 豊

タイムマシン製造に関わったために消された1年間の記憶を取り戻そうと奮闘する男女の姿を，サスペンス仕立てで描くタイムトラベル・ラブストーリー．『ディアーフレンズ，ジェントルハーツ』を併録．　本体2000円

4. カレッジ・オブ・ザ・ウィンド◉成井 豊

夏休みの家族旅行の最中に，交通事故で5人の家族を一度に失った短大生ほしみと，ユーレイとなった家族たちが織りなす，胸にしみるゴースト・ファンタジー．『スケッチブック・ボイジャー』を併録．　本体2000円

5. また逢おうと竜馬は言った◉成井 豊

気弱な添乗員が，愛読書「竜馬がゆく」から抜け出した竜馬に励まされながら，愛する女性の窮地を救おうと奔走する，全編走りっぱなしの時代劇ファンタジー．『レインディア・エクスプレス』を併録．　本体2000円

6. 風を継ぐ者◉成井豊＋真柴あずき

幕末の京の都を舞台に，時代を駆けぬけた男たちの物語を，新選組と彼らを取り巻く人々の姿を通して描く．みんな一生懸命だった．それは一陣の風のようだった…….『アローン・アゲイン』初演版を併録．　本体2000円